www.ingramcontent.com/pod-product-compliance
Lightning Source LLC
LaVergne TN
LVHW052207200726
843508LV00015B/1855

تین اناڑی

(بچوں کا ناول)

مصنفہ:

عصمت چغتائی

© Taemeer Publications LLC

Teen Anadi *(Kids Novel)*

by: Ismat Chughtai

Edition: July '2023

Publisher & Printer:

Taemeer Publications LLC (Michigan, USA / Hyderabad, India)

مصنف یا ناشر کی پیشگی اجازت کے بغیر اس کتاب کا کوئی بھی حصہ کسی بھی شکل میں بشمول ویب سائٹ پر اپ لوڈنگ کے لیے استعمال نہ کیا جائے۔ نیز اس کتاب پر کسی بھی قسم کے تنازع کو نمٹانے کا اختیار صرف حیدرآباد (تلنگانہ) کی عدلیہ کو ہو گا۔

© تعمیر پبلی کیشنز

کتاب	:	**تین اناڑی** (بچوں کا ناول)
مصنفہ	:	**عصمت چغتائی**
صنف	:	ادب اطفال
ناشر	:	تعمیر پبلی کیشنز (حیدرآباد، انڈیا)
زیر اہتمام	:	تعمیر ویب ڈیولپمنٹ، حیدرآباد
سالِ اشاعت	:	۲۰۲۳ء
تعداد	:	(پرنٹ آن ڈیمانڈ)
طابع	:	تعمیر پبلی کیشنز، حیدرآباد – ۲۴
صفحات	:	۱۱۲
سرورق ڈیزائن	:	تعمیر ویب ڈیزائن

دو باتیں

اگر میں یہ نصیحت کروں کہ جھوٹ نہ بولو، بڑوں کا ادب کرو اور دل جی لگا کر پڑھو تاکہ ایک دن لائق فائق بن کر اپنے ملک اور قوم کا نام روشن کرو ۔۔۔۔۔۔ تو میری لمبی چوڑی نصیحت بے کار ہوگی ۔ مجھے یقین ہے کہ تم جھوٹ نہیں بولتے، بڑوں کا ادب بھی کرتے ہو اور پڑھتے بھی جی لگا کر ہو۔ لہٰذا ضرور ایک دن کسی قابل بنو گے اور ملک کی خدمت کرو گے تم مستقبل کے معمار ہو ۔

پھر بھلا اتھیں نصیحتوں کی کیا ضرورت ہے !

اس لیے میں تو یہی کہوں گی کہ تم اسی طرح شرارتیں کرتے رہو۔ ٹھہقے لگاتے رہو۔ شریر بچے عام طور پر ذہین ہوتے ہیں۔ اس لیے قدرتی طور پر ان کی شرارتوں سے کسی کی آنکھوں سے

آنسو بہانے والی حرکتیں سرزد نہیں ہوتیں۔ اُن کی شرارتوں پر تو ہنسی آتی ہے۔ دلوں کے دکھ دیکھے ہوتے ہیں۔

اس لیے میں تو تمہیں یہی رائے دوں گی کہ بوڑھے بھی ہو جاؤ تب بھی ایسی ہی دل چسپ شرارتیں کرتے رہنا۔ یوں ہی ہنستے ہنساتے رہنا۔ اگر کسی کا نقصان نہیں ہوتا تو شرارتوں سے زیادہ حسین کوئی حرکت نہیں۔

گو! اسب تمہیں کافی بد سمجھتے ہیں۔ تم ہو بھی خاصے بد۔ مگر یہاں اہل میں بد کے معنی شریر کے ہیں۔ لہٰذا تم بڑے مزے سے بدی پر قائم رہ سکتے ہو۔ ذرا اس عادت کو اپنے مستقبل کے فائدے میں استعمال کرنا شروع کر دو۔

بیٹو! تم بھد یسلے ہو۔ مگر تمہارا دماغ تازی گھوڑی کی طرح قلانچیں بھرتا ہے۔ اور تمہاری آنکھیوں میں قوس و قزح چھپی ہوئی ہے۔ اٹھو کر زمین کے چہرے سے میل کچیل اتار کر رنگ بکھیر دو۔ مزہ آ جائے گا!

ٹیٹو! تم سب سے چھوٹے ہو۔ مگر سب سے چھوٹے نہیں۔ یہ کافی حیرت کی بات ہے۔ دنیا میں تم جیسے ہزاروں لاکھوں ٹیٹو ہیں۔ اور جب میں اتنے سے بہت سے ٹیٹوؤں کا خیال کرتی ہوں تو مجھے دنیا کے مستقبل پر رشک آنے لگتا ہے۔

جو شرارتیں آج تم کرتے ہو وہ ہی کل ہم نے بھی کی تھیں۔

اور وہ دن بھی ایک دن آئے گا جب یہی شہرا زمیں تمہارے بچے کریں گے ۔ انسان کی زندگی ایک درخت جیسی ہے ۔ کلہ پھوٹتا ہے ۔ پودا پروان چڑھتا ہے ۔ اس وقت وہ بالکل اناڑیوں جیسی حرکتیں کرتا ہے ۔ کبھی ایک طرف ٹیڑھا ہونے لگتا ہے ۔ کبھی دوسری طرف ضرورت سے زیادہ جھکتا ہے ۔ کبھی کسی کی دیوار سے اڑ کر بڑھنے لگتا ہے ۔ دیوار بھی چٹختی ہے اور اس کا جسم بھی کبڑا ہو جاتا ہے ۔ اگر مالی ہوشیار ہو تو وہ تم لوگوں کی طرح سینہ تان کر آسمان کی طرف اٹھتا چلا جاتا ہے اور ایک دن پھول اور پھل سے بارآور ہو کر دنیا کو فیض پہنچاتا ہے ۔

تم بھی بڑھتے ہوئے پودے ہو ۔ اچھی سنچائی اور رکھوالی نے تمہارا مستقبل روشن بنا دیا ہے ۔ پھر اب میں تمہیں کیا نصیحت کروں ۔

تم خود میرے لئے بہت دلچسپ نصیحت ہو !

عصمت چغتائی

تینوں تاج اکبر کی سیڑھیوں پر اُکتائے ہوئے بیٹھے تھے۔ گو اپنے نئے جوتے کو ہزار بار چمکانے کے بعد صرف دقت کاٹنے کے لیے اُمن بھیا کے پرانے موزے سے گھِستے دے رہے تھے۔ بیلو کوئی نہایت بے سُری فلم کی ٹیون گنگنا رہے تھے ساتھ ساتھ گھٹنے پر ٹھیکا بھی دیتے جا رہے تھے۔ مِیٹو سب سے نیچے کی سیڑھی پر بیٹھے اُس کھمبی پر جھلا رہے تھے جو بِن پن کر کے بار بار اُن کی چوکور ناک پر ٹپے لگا رہی تھی۔ اُنھیں اپنی ناک کے دیسج ہونے کا ویسے ہی بہت غم تھا۔ اوپر سے یہ بدمذاق کھمبی اُن کی ناک پر فٹ بال کھیل کر جیسے اور طعنے دے رہی تھی۔ کئی بار اُنھوں نے اُسے اپنی ناک کی پھُنگی پر آ بیٹھیں بھنگی کر کے دیکھا اور تاک کر گھونسا مارا۔ مگر وہ ہر دفعہ ایک لمحہ پہلے پھُدک کر پھر واپس آ جاتی۔ بیلو اُن کی بے بسی پر مسکرا رہے تھے۔

"یار مِیٹو یہ کمبخت کھمبی یوں نہیں مانے گی اس کے لیے

ایک پوہے دان کی قسم کا اک ایجاد ہونا چاہیے۔ مزے سے ناک پر رکھ کر سو جایا کرنا۔ جیسے ہی آئے گی چھٹاک سے مر جائے گی" ٹیمٹو ویسے ہی کھسیانے بیٹھے تھے۔ زور سے کہنی اُچھالی جو بیلو کی ٹھوڑی پر لگی اور اُن کی زبان کٹ گئی۔ گو جو مزے سے بیٹھے اپنا جوتا چمکا رہے تھے، صورت حال کو امید افزا دیکھ کر فوراً اُدھر متوجہ ہوگئے اور بیلو کو ایسا دھا دیا کہ وہ پھسل کر ٹیمٹو کی پیٹھ پر جم گئے۔ ایک دم جیسے سوئی ہوئی فضا نے انگڑائی لی اور وہاں سیڑھیوں پر تینوں گڈ مڈ ہوگئے۔

"ارے ارے بجے کیا ہو رہا ہے جی" میوہ رام اندر سے غزراتے ہوے نکلے اور خود لڑائی کے بھنور میں اُلجھ کر اوندھے ہوگئے۔ اُن کے ہاتھوں میں جامنوں کی ٹوکری تھی وہ تینوں پر برس پڑی۔ ایک دم لڑائی ڈھیلی پڑ گئی اور دیکھتے دیکھتے جو جامنیں کچلنے سے بچی تھیں لوٹ لی گئیں۔

میوہ رام بہت پھنپھنائے۔ گو یہ جامنیں ان ہی کے لیے لائے تھے مگر اس طوفانِ بدتمیزی پر دہ بگڑ گئے۔ اور پیر پٹکتے بی آپاں سے شکایت کرتے چل دیے۔

جامنیں کھانے میں تینوں ایسے بجے کہ یہ بھی یاد نہ رہا کہ جھگڑا اس بات پر ہوا تھا۔

اصل میں تینوں سخت بور ہو رہے تھے۔ امتحان ختم ہوگئے

تھے اور ایسا معلوم ہوتا تھا کاندھوں پر سے بھیگے ہوئے ریت کے بورے پھسل گئے۔ دو دن سے تینوں خالی ڈبوں کی طرح اِدھر اُدھر لڑھک رہے تھے سمجھ میں نہیں آتا تھا کیا کریں۔ تین مہینے کی چھٹیاں کیسے کاٹی جائیں۔ اگر لڑائی جھگڑا کیا تو ظاہر ہے سخت کُندی ہوگی۔ گرمی کے مارے سب کا موڈ دیے ہی خراب ہو رہا ہے۔

"کوئی ترکیب سوچنا چاہیے بھئ" بیلو نے تجویز پیش کی۔

"دو۔ تین۔ پانچ کھیلیں" ٹیمو نے رائے دی۔

"ہٹو یار بور ہوگے دو۔ تین۔ پانچ سے" گگو بولے۔

"کوئی ڈراما کریں۔ ہیں؟"

"بھئ ہم نہیں کرتے ڈراما" ٹیمو چیخنے۔

"ٹیمو صاحب آپ تو گدھے ہیں" گگو نے فیصلہ کیا۔

"جناب اتنا شاندار ڈراما ہوگا کہ کیا بتائیں"

"جیسے کمی آپا وغیرہ دہلی فیسٹیول میں گئی تھیں ہم بھی جا سکتے ہیں۔ ایک دم فرسٹ کلاس ڈراما تیار کریں ٹکٹ لگا کر کریں"

"اے ہیں بھئ ہم نہیں خریدیں گے ٹکٹ" ٹیمو بگڑے۔

"تم تو بے وقوف ہو۔ بھئ تم تو اس میں خود پارٹ کرو گے۔ تمہیں ٹکٹ تھوڑی لینا پڑے گا" بیلو نے کہا۔

"اور جناب کیا تعجب ہمارے ڈرامے کو انعام مل جائے!" گنو
نے پلان پھیلایا۔" اور پھر ہم ڈراما کمپنی کھول لیں گے!"
"ایں ہیں کچھ جو کھول پائیں امّاں جو ماریں گی" یہ بزرگ کچھ جو
کرنے دیں!

"جی ہاں کیوں ماریں گی امّاں۔ کیوں گنو پھر شروع کر دیا یار"
بیلو نے شوق سے آنکھیں چکائیں۔

اب سوال یہ تھا کہ کون سا ڈراما کھیلا جائے۔ ہر کہانی میں
کمبخت شہزادی ضرور ہوتی ہے۔ شہزادی کس کو بنایا جائے۔
عذرا پروین کے نخرے کون سے۔ دیکھیے ان کے پاس عید کے
لال جوڑے موجود ہیں اور جھل مل کرتی اوڑھنیاں بھی ہیں۔
مگر مصیبت یہ ہے کہ الگ الگ پیدا ہو کر بھی دونوں جڑواں
بنی رہتی ہیں۔ جہاں عذرا جائیں گی پروین بھی جائیں گی جب سے
عذرا اڑیں گی پروین فوراً اس کا منہ کھسوٹ لیں گی۔ اگر عذرا
کنویں میں کود دیں تو شرطیہ پروین بھی کود پڑیں گی۔ ایک کو
شہزادی بناؤ تو دوسری روٹھی جاتی ہے۔ خیر روٹھ جائے ٹلے!
مگر وہ تو عین رنگ میں بھنگ کرنے پر تُل جاتی ہے۔ بیچ ڈرامے
میں سب کو چلّا چلّا کر بتا دیتی ہے۔" اہا ہا۔" بالکل شہزادی نہیں
بھنگن لگ رہی ہیں۔ شہزادی نہ شہزادی کی دُم۔ مڑی ازاری
ہیں۔ لوگو یہ عذرا ہیں۔ عذرا چوتی میری گری یا کا پاجامہ چرایا تھا

انھوں نے یُوں عذرا د ہیں تاج داج پھینک کر پسر جاتیں یا پروین پر جیل کی طرح جھپٹ کر اُن کی چوٹی نوچ ڈالتیں ۔ پروین کوئی دبنے والی تھیں؟ بس وہیں نیولے اور سانپ کی لڑائی ٹھن جاتی ۔ منتظمین اور دوسرے کلاکار اُن کی پلیٹ میں آکر گودڑ کی طرح اُلجھ جاتے ۔ پھر نوک اور آیائیں آ جاتیں ۔ ان کا بھی بیچ بچاؤ کرنے میں بھُرتا بن جاتا ۔ اس طرح جس ڈرامے میں عذرا پروین کو لیا جاتا وہ ہمیشہ ٹریجڈی پر ختم ہوتا تھا۔ لہٰذا گکو نے فیصلہ کیا کہ کوئی لڑکی ڈرامے کے آس پاس نہ پھٹکنے دی جائے ۔ وہ خود ہی شہزادی بھی بنیں گے اور شہزادہ بھی اور اگر ضرورت پڑی تو کالا دیو بھی بن جائیں گے ۔ مگر جب اُنہیں تجربے کے طور پر دوپٹہ اوڑھا یا گیا تو بالکل چمگادڑ کی طرح ہونق لگنے لگے ۔ اُن کے بڑے بڑے کان دوپٹے میں سے کھونٹیوں کی طرح کھڑے ہو گئے ۔ اُن کی صورت دیکھتے ہی بلّو کو ہنسی کا دورہ پڑا تو ڈراما کمپنی قریب وٹ گئی ۔ گکو بُرا مان گئے اور دوپٹہ پھینک کر غمگین بیٹھ گئے ۔

بڑے سوچ بچار کے بعد طے ہوا کہ ڈرامے کے درمیان میں شہزادی انگور کھائے گی ۔ لہٰذا تینوں شہزادی بننے پر مصر ہونے لگے ۔ ظاہر ہے ۔ اگر تینوں شہزادیاں بنا دی جاتیں تو بادشاہ ، کالا دیو اور بہادر سپاہی کون بنتا؟ ویسے چوبدار ، ہما نتری کی

اور فوج کی خدمات بھی انھیں تین اداکاروں کے باری باری انجام دینا تھیں۔ پہلے گگو چوبدار بن کر بادشاہ کے آنے کا اعلان کرتے تھے۔ پھر جلدی سے پردے کے پیچھے جا کر بہرے کیپ جس میں صوفی آکلے نے چاکلیٹ کی پنی کے پھول بنا کر لگا دیئے تھے پہن کر بادشاہ سلامت بن کر آ جاتے تھے۔ ان کے پیچھے ہنسی روکنے کے لیے ناک دبائے بیٹو وزیرِ اعظم بنے آتے تھے۔ پھر مکالمے چلتے تھے۔ اور بیٹو "جی حضور" اور "جی شہنشاہ" کے علاوہ سارے مکالمے بھول جاتے تھے۔ بار بار گگو دبی زبان سے اُن کے مکالمے یاد دلائے پڑتے تھے۔ دو تین دفعہ "ایں؟ ایں؟" کرنے کے بعد اُنھیں مکالہ یاد آتا۔

اُدھر ٹیٹو شہزادی کی طرح خراماں خراماں چلنے کے بجائے بھد بھد کرتے آتے اور فوراً بولتے۔

"انگور حاضر کیے جائیں؟" انھیں آتے ہی انگور کی فکر پڑ جاتی۔

"ارے بھئی ابھی نہیں!" گگو گڑبڑا جاتے۔

"داہ جناب کیوں نہیں؟" ٹیٹو گڑبڑاتے۔

"ادِنہ بھئی پہلے شہزادی اسٹیج پر آتی ہے، شہنشاہ کو سات سلام کرتی ہے!" اسٹیج ڈائرکٹر بیٹو جھلّا اٹھتے۔ کتنی دفعہ انھوں نے ٹیٹو کو سمجھایا کہ شہزادی کو بار بار بھول کر بیچ میں آٹھ لفظ خالہ کو آلہ کہتے ہیں۔

سلام نہیں کرنے چاہئیں۔ سلام کرنے کے بعد شہزادی مکالمہ بولتی ہے۔ پھر انگور مانگتی نہیں بلکہ کنیز لاتی ہے تو پہلے انکار کرتی ہے پھر بڑی مشکل سے تھوڑے سے کھاتی ہے۔ جلدی جلدی سب نہیں بھکس لیتی۔

مگر میٹو حیران تھے۔ ان کی سمجھ میں نہیں آتا تھا کہ شہزادی اتنی گدھی کیسے ہو سکتی ہے کہ انگور کھانے سے جھوٹ موٹ کو بھی انکار کرے۔ ان کا خیال تھا۔ شہزادی اسٹیج پر آتے ہی انگوروں کی فرمائش کرے اور نہایت تیزی سے کھا جائے اور ڈراما ختم ہو جائے بس!

ریہرسل میں انگور تو نہ ملے۔ لہٰذا چنوں اور بسکٹوں سے کام چلایا گیا۔ مگر شہزادی پھر ڈائیلاگ بھول گئی اور آتے ہی بولی۔

"انگور حاضر کئے جائیں"

"نہیں جناب ابھی سے انگور نہیں ملیں گے۔ ڈائیلاگ تو ختم ہوا نہیں"، ککو بھنائے۔

"اری واہ بول تو دیا تھا ڈائیلاگ" میٹو منائے۔

"ایں ہیں کب بولا تھا جھوٹے" وزیر اعظم یعنی بلّو بولے۔

"اُنہہ بھئی ابھی تو بولا تھا۔ نہیں تو پھر بول دیں گے۔ انگور کھانے کے بعد"

"ایں ہیں گدے میں بعد میں کیسے بولو گے ۔ ڈائیلاگ بولو تب بولیں گے انگور!" گگو بادشاہ کی کرسی سے چلّائے۔

اتنے یہ بحث چل رہی تھی بیٹو اکّا کر بسکٹ چکھنے لگے۔ اور اس سے پہلے کہ وہ سارے بسکٹ چکھ ڈالے۔ شہزادی اور شہنشاہ کی نظر وزیرِ اعلیٰ کی اِس حرکت نازیبا پر پڑ گئی۔ اور ڈائیلاگ وغیرہ بھول کر دونوں بسکٹوں پر ٹوٹ پڑے۔ اور دم بھر میں بسکٹ ختم ہو گئے۔

اس دن ریہرسل ملتوی کرنا پڑا کیوں کہ بیٹو کو ڈرامے کا صرف ایک حصہ دلچسپ معلوم ہوتا تھا۔ یعنی بسکٹوں سے ریہرسل۔ اُن کی تو ساری دلچسپی ختم ہو گئی۔

شہزادی کے کپڑوں کا سوال بھی بہت ٹیڑھا تھا۔ شہنشاہ تو اپنی کار ڈرامے کی پتلون اور اچکن پہن کر اوپر سے بی اماں کا ایک گنّا ہوا دوشالہ اوڑھ لیتے تو نہایت شاندار بادشاہ بن جاتے۔ پنّی کا پھول لگا ہوا تاج موجود ہی تھا۔ بیٹو اگر کی پُرانی ساڑھی کا پگڑ باندھ کر وسیم بھائی کی مہندی کی ریشمی اچکن پہن لیتے تھے اور فرسٹ کلاس وزیرِ اعظم بن جاتے تھے۔ مگر بیٹو کے ڈریس کی مصیبت تھی۔ عذرا نے اپنا نازک اطلس کا

پاجامہ دینے سے قطعی انکار کردیا۔ ٹیٹو کی موسل جیسی ٹانگوں کے خیال سے ہی پھر ریاں آتی تھیں۔ خوبصورت گورے کا غزارہ دو منٹ میں تار تار ہو جائے گا۔ اگر گھوڑے کو غزارہ پہنا دیا جائے تو اس بدنصیب غزارے کی زندگی کتنے منٹ کی رہ جائے گی! لہٰذا پروین کی ایک نہایت سٹریل سی شلوار ملی۔ جو ٹیٹو کے گھٹنوں سے بھی کچھ اونچی تھی اور اُن کے کھردرے اونٹ جیسے گھٹنے اور بھی بھدّے لگنے لگے۔ کمّی آپا کی ایک جھلسی ہوئی پُرانی شلوار اتنی لمبی تھی کہ اُسے پہن کر بالکل پاموز مُرغنی لگنے لگے۔ وہ ان کے پیروں سے ڈیڑھ ڈیڑھ بالشت بڑی تھی۔ خیر اس سے ایک فائدہ ہوا کہ اُن کے بھدّے بوٹ اُتارنے کی ضرورت نہ تھی۔ آسانی سے شلوار سے ڈھک گئے۔ ریہرسل والا جالی کا دوپٹہ کمّی آپا نے دُھلنے دے دیا تھا۔ زبیدہ آپا کا ایک دو بالشت کا نائیلاں کا دوپٹہ خوش قسمتی سے ہاتھ آگیا۔ بی اماں کی پنڈلیوں میں جب بائننے پڑتے تھے تو وہ کس کر اس دوپٹے سے باندھ لیا کرتی تھیں۔ آئیڈ کمیں کی تھوڑی تھوڑی بدبو آتی تھی تو ایسا کیا اندھیر تھا۔ شلوار میں سے بھی تو سٹرے ہوئے چاولوں کا بھبکا نکل رہا تھا۔ کرتے کا سوال بڑی آسانی سے حل ہو گیا۔ کلو بوا کا گلابی آنکھ کے منٹے کا کُرتا جس میں نیلی جھاڑیں لگی تھیں مل گیا۔ یہ کُرتا لائے عامتہ سے مجبور ہو کر انھوں نے بقچیا میں

سینت کر رکھ دیا تھا۔ کیونکہ جب وہ یہ کرتا پہن کر اپنی کوٹھڑی سے طلوع ہوتی تھیں تو بی اماں اور خالہ اماں کو ہول اُٹھنے لگتا تھا۔ بیچاری کٹو بوا کو یہ کرتا ازحد لاڈلا تھا۔ اُن کے تیمیر میاں نے بڑے بڑے چاؤ سے دتی سے اُن کے لئے بنوا کر بھیجا تھا۔ اُسے پہن کر اپنے خیال میں وہ قطعی دُلہن لگنے لگتی تھیں۔

اب ٹکٹ بیچے جانے لگے۔ سب سے پہلے صوفی آلہ کے پاس ڈیپوٹیشن گیا۔ خوب رُعب گانٹھا گیا کہ ازحد شاندار ڈراما ہونے والا ہے۔ بیچ بیچ کے انگور ہوں گے وغیرہ وغیرہ ان کے ہاتھ ٹکٹ بھی بیچا گیا اور ڈونیشن بھی لیا گیا۔ اس کے بعد وسیم بھائی کو گھیرا گیا۔ پہلے تو وہ بہت بدکے۔ انھیں تو قاعدے سے پاس ملنا چاہئیں۔ مگر سکندر بھابی نے چار ٹکٹ چار آنے والے خرید لئے۔

اور بڑے زور شور سے تیاریاں ہونے لگیں۔ چوترے پر تخت بچھا کر اسٹیج بنایا گیا۔ گھر بھر کی جتنی کرسیاں اور مونڈے تھے جمع کرکے سامنے سجائے گئے، اُن کے پیچھے پلنگ بچھا دیئے گئے اور سر شام ہی سے پبلک جمع ہونے لگی۔ عذرا اور پروین اب پچھتا رہی تھیں کہ کیوں ڈرامے میں حصہ نہیں لیا۔ انے سے پیسے ملتے اور انگور کھانے کو ملتے سو الگ۔ مگر اب پچھتانے سے کیا ہوتا تھا۔

لیکن جب پیروں سے ڈیڑھ بالشت آگے نکلی ہوئی شلوار اور کٹو بوا کا کرتا پہن کر میٹو شہزادی کے روپ میں اپنے ٹیڑھے میڑھے دانتوں کو بکوسے ہوئے جلوہ افروز ہوئے تو صوفی آلہ اور کٹی آپا اتنا ہنسیں کہ کرسیوں پر سے نیچے لڈھک گئیں۔ ایسا معلوم ہوتا تھا کہ میٹو صاحب   کٹو بوا کے بقچیا سے سیدھے نکلے چلے آرہے ہیں! دوپٹہ اوڑھتے ہی ان کی ناک اور بھی پو کھو نی لگنے لگی۔ صوفی آلہ نے بڑی مشکل سے ہنسی کا دورہ روکا اور فیصلہ کیا کہ " ہمارے ٹکٹ کے دام واپس کرو۔ ہم نہیں دیکھتے اتنا سریل ڈراما۔ میٹو قطعی شہزادی نہیں لگ رہے ہیں۔ موٹی قصائینی لگ رہے ہیں؟"

موٹی قصائینی سے میٹو کے پتنگے لگتے تھے۔ جب آتی تھی کم بخت انہیں چھیڑتی تھی۔

"اے میٹو میاں ہم سے بیاہ کرو گے؟" اور میٹو کو پھر سارا گھر اتنا چھیڑتا کہ وہ پکا ارادہ کر لیتے کہ ایک دن وہ موٹی قصائینی کو قتل کرکے خود ہنسی خوشی سولی پر چڑھ جائیں گے۔ پھر کوئی نہ چھیڑے گا۔

مارے غصے کے میٹو میاں بکھر گئے۔ وہیں کھڑے کھڑے سب کپڑے نوچ کے پھینک دیئے اور انتقاماً انگور کی پلیٹ پر لوٹ پڑے۔ گگو اور بیلو کے میک اپ کے ماہر

میوہ رام بوٹ پالش سے مونچھیں بنا رہے تھے ۔ انھوں نے جو انگوروں پر غنیم کو حملہ کرتے دیکھا تو پگڑ اور تاج پھینک پھانک خود بھی دوڑ پڑے اور انگوروں کی حفاظت میں ٹیپو سے زیادہ تیزی سے انگور کھا ڈالے ۔

حاضرین جو پہلے ہی ڈرامے سے ناخوش تھے اس ٹریجڈی پر بالکل ہی بکھر گئے ۔ اور ٹکٹوں کے پیسوں کی واپسی کے لئے غل مچانے لگے ۔ چونکہ زیادہ تر ٹکٹ اُدھار بکے تھے اور باقی پیسوں کے انگور اور ریہرسل کے لئے بسکٹ اور چنے آچکے تھے لہٰذا پیسے واپس کرنے کا کوئی سوال ہی نہ تھا ۔ ڈراما بُری طرح فلاپ ہو گیا ۔ تُو تُو میں میں سے بڑھ کر بات ہاتھا پائی تک پہنچ گئی ۔ بیلو نے گکو کو دھکا دیا ۔ گکو سمجھے ٹیپو نے دھکا دیا ہے ۔ انھوں نے ان کے ٹیپ جوڑ دی ۔ ٹیپو نے گھما کر ایک مکا گکو کی ناک پر ٹکا دیا ۔ بس پھر کیا تھا ۔ تین جوڑی ہاتھ اور پیرایسے خلط ملط ہو گئے کہ یہ پتا نہیں چلتا تھا کہ کون سا ہاتھ کس کا ہے ۔ صوفی آگا اور میوہ رام نے بیچ بچاؤ کرنے کی کوششش میں سارے غالی دار اپنی ناکوں پر وصول کئے ۔

اتنے میں گرجتی برستی آگا میدانِ کارزار میں کود پڑیں ۔ اور بغیر پوچھے گچھے لڑتے بھڑتے جبر ڈرتے انبار کو سنبھی نے کر دھنک کر رکھ دیا ۔ آگا کی عادت ہے یونہی اچانک میدان میں پھاند پڑتی

ہیں، یہ نہیں پوچھتیں کس کا قصور تھا۔ بس ایک سرے سے سبکے پیٹ دیتی ہیں۔ قصور وار اور بے قصور سب ہی پٹ جاتے ہیں۔ ظاہر ہے اس میں مجرم کو بھی سزا مل ہی جاتی ہے۔ یہ اور بات ہے کہ بے قصور بھی اتنا ہی یا کچھ زیادہ پٹ جاتا ہے تو بھئی گیہوں کے ساتھ گھن تو پس ہی جاتا ہے۔

"آگ لگے اللہ ماری ڈراما کمپنی کو" بی اماں نے الٹی میٹم دے دیا کہ اگر پھر کسی فرد نے ڈراما اسٹیج کرنے کی کوشش کی تو وہ اپنا سر پھوڑ کر گھر سے نکل جائیں گی۔ تینوں اداس پھر تاجِ اکبر کی سیڑھیوں پر جا کر بیٹھ گئے۔ ساری اسکیم پر ٹیٹو صاحب نے پانی پھیر دیا۔

•

ڈراما کمپنی کی دل شکن ناکامی کے بعد کئی دن تینوں بجھے
بجھے سے رہے۔ مُن بھیا اور کتی آپا کو اگر صوفی آپا نہ ڈاٹتیں
تو وہ انھیں خود کشی کر لینے پر مجبور کر دیتے۔ چھٹیوں پر نہ جلنے
کس منحوس کی پرچھائیں پڑ گئی تھی کہ ہر اسکیم پٹ ہوئی جا رہی
تھی۔ عجب مصیبت تھی بیڈ منٹن کھیلو تو گیند سیدھی تاک کر
پانی کے مٹکے میں یا بی اماں کے کتے کی کلھیا میں گرتی۔ کرکٹ
کھیلو تو ہٹ سیدھا کھڑکی یا دروازے کے شیشے پر جا بیٹھتا۔
آنکھ مچولی کھیلو تو چھپو کہاں۔ کتی آپا فوراً اپنے پلنگ کے نیچے سے
پتھر دانی کے بانس مار مار کر نکال دیتیں۔ بی اماں کے کمرے میں
جاؤ تو انھیں فوراً ہول چڑھنے لگتا۔ مجیب بھائی کے کمرے میں
جانا سراسر موت کو دعوت دینا ہے۔ فوراً پکڑ کر الجبرا اور جومیٹری
رٹانے لگیں گے۔ وسیم بھائی کے کمرے میں چھپو تو وہ فوراً چلا چلا کر
اعلان کر دیں گے۔

"بھئی ہمارے کمرے میں کوئی نہیں چھپا ہے ۔ یہاں کوئی ڈھونڈنے نہ آئے" امیر خاں کے باورچی خانے میں پرندہ پر نہیں مار سکتا ۔ رہ گئی کلو بوا کی کوٹھری تو وہاں چھپنا بڑے دل گردے کا کام ہے ۔ اوّل تو گند ہک، گلقند اور مختلف مرہموں کا بھرکا ناک میں چڑھ کر چھینکے چھُڑا دے گا دوسرے مچھروں کے قبیلے کے قبیلے حملہ کر کے چمڑی ادھیڑ دیں گے ۔ میوہ رام کے کمرے میں جانا بھی دردِ سر مول لینا ہے ۔ یہ بدمزاق شخص ہر وقت شریف آدمیوں کی میلی ناکوں پر نظر رکھتا ہے ۔ ویسے بھی چاہے کتنی صاف ہو ناک، احتیاطاً ناک صفا کرنے کی رائے دے دے گا ۔ کہو بھی کسی کی ناک اُجلی ہے کہ میلی آپ کو کیا تکلیف ہوتی ہے ۔ کسی کی گردن پر میل کی پپڑیاں ہیں تو آپ کی بلا سے ۔ لوگ کہتے ہیں میوہ رام بہت اچھا نوکر ہے ۔ ہُنہ نوکر! ان تینوں کی جان کو تو وہ دوزخ کے داروغہ کی طرح لگ چکا ہے ۔ پیدا ہوتے ہی رُعب جمانا شروع کر دیا اور برابر ہر وقت ایٹھتا ہے ۔ ذرا ذرا سی بات پر نہایت غیر لازمہ حرکتیں، گستاخی سے سب کے سامنے ڈانٹنا اور موقع بے موقع چپتیا دینا ۔ نہ جانے اماں نے اس ظالم کو اتنی چھوٹ کیوں دے رکھی ہے ۔ آخر نوکر پر آقاؤں کا کچھ رُعب تو ہونا چاہیے ۔ یہ کیا کہ یہاں اُلٹی آقاؤں کی اِن جلاد نوکر سے

کتنی دبتی ہے ۔ اور یہ حق تلفی صرف اس لیے ہوتی ہے کہ یہ
تینوں مختار نہیں جو لوگ پیسا کماتے ہیں وہ خود مختار ہوتے
ہیں ۔ وہ چاہے رات بھر فلاش کھیلیں ، تمسکار کے پروگرام
بنائیں ۔ اونچے اونچے تھقے لگائیں ۔ بیوہ رام دوڑ دوڑ کر چائے
اور شربت سے اُن کی خاطر تواضع کرتے ہیں ۔ اور یہاں جب
تیسری سے چوتھی پلیٹ مانگو تو ٹکا سا جواب مل جاتا ہے ۔
"بس بس کیا حیفظ کرو گے کمبختوں؟ دنیا جانتی ہے کہ مہینے
کے جراثیم آٹمیس کریم میں نہیں بلکہ بھنڈی، لوکی اور ٹنڈوں
میں ہوتے ہیں ۔ مگر یہ منحوس ترکاریاں زبردستی لگائی جاتی
ہیں کہ ان میں نہ جانے کون کون سے وٹامن ہوتے ہیں حالانکہ
ان بیہودہ ترکاریوں کے بجائے ہر شریف وٹامن کو صرف
ٹافیوں، گلاب جامنوں اور رس گلوں میں ہی ہونا چاہیئے تھا۔
" اپنی روزی کسی طرح خود کمائی جائے" گوتنے نے سنا تھا
کہ خالہ آتاں وسیم بھائی کو اس لیے کھریدتی رہتی ہیں کہ وہ
دہ اپنی روزی خود نہیں کماتے ۔ جو کما کر لاتے ہیں ان کے
بڑے لاڈ کیے جاتے ہیں ۔
"مگر کیسے ہ" بیلوے کوئی دو تین ۔ پانچ کھلوا لے مگر
ٹولیا ڈھونے کے کام سے اس کی جان نکلتی ہے ۔ بھد بیلہ
ہے نا !

’’جناب دولت کمانے کے لکھو کھا طریقے ہیں۔‘‘ کوّے نے پیارے ماموں کا جملہ دہرایا۔ ’’اگر کہیں سے تھوڑا سا گڑ مل جائے تو۔‘‘ ’’گڑ ہے۔‘‘ بیلو کی آنکھوں میں رونق آگئی۔ دادی اماں کوگڑ اللہ واسطے کا بیر ہے۔ ’’بس زیادہ گڑ مت کھاؤ پیٹ خراب ہو جائے گا۔‘‘

کہو بھلا پیٹ نہ ہو گیا روئی کا پھوڑا ہو گیا کہ پاؤ ڈیڑھ پاؤ گڑ سے بگڑ بیٹھے گا۔‘‘

’’گڑ چنے کی ٹافی بنائی جائے۔‘‘ کوّے نے تشریح کی۔ ’’ٹافی بنے گی تو چکھنا تو پڑے ہی گی۔‘‘ ٹمٹو نے خیال میں ٹافی چکھ کر چٹخارہ لیا۔ ’’پھر؟‘‘

’’پھر یہ کہ ٹافی کی چھوٹی چھوٹی پڑیاں باندھ کر بیچی جائیں۔ اس سے جو منافع ہو تو اور گڑ خریدا جائے، اور ٹافی بنائی جائے۔‘‘ یہ گُلّو بکا بنیا ہے کیسی دن ٹاٹا اور برلا کا دیوالا بکال کر چھوڑے گا۔ کیا کیا گڑ میں لڈو اتا ہے۔

’’پھر جناب ٹافی کی دکان کھولی جائے، ہیں نا؟‘‘ ٹمٹو چکے۔ ’’جی ہاں، دکان سے کیا ہوگا پورا کارخانہ کھولا جائے۔ پھر سارے ہندوستان میں ٹافی بیچی جائے۔‘‘

گر سوال یہ تھا کہ گڑ کہاں سے ملے۔ بی اماں تالے میں رکھتی ہیں شکر اور گڑ۔

"بس ایک ترکیب کی جائے۔" گگو عرف لال بھکڑے بولے۔

"کیا؟"

"ہر گھر میں جا کر تھوڑا گڑ مانگا جائے؟"

"اماں یار جوتے کھلوا دو گے۔ ہماری تو اماں اتنا ماریں گی کہ پلپس بنا دیں گی۔"

"جی ہاں کیوں ماریں گی۔ یوں تھوڑی مانگیں گے کہ کسی کو پتا چلے۔ میٹھو جائیں بیگم اماں کے پاس اور کہیں تھوڑا سا گڑ دیدیجیے بی اماں نے مانگا ہے۔ اور بیلو تم جاؤ بی اماں کے پاس کہ بیگم اماں نے گڑ مانگا ہے۔ اس طرح اماں اور آرسے دادی اماں اور خالہ اماں سے الگ الگ جا کر گڑ مانگا جائے؟"

"قیصر خالہ سے بھی؟" میٹھو نے آنکھیں چمکائیں۔

"ہاں، اور افسر آپا اور زرینہ آپا سے بھی۔"

"زرینہ آپا بڑی کائیاں ہیں جانتے ہی کہیں گی: میرا بھیّا کیسا پہلے میری چپلی میں کیل ٹھونک دے۔" پھر کہیں گی دراً میری کتابوں پر کا غذ چپڑ جاؤ۔ جب جاؤ ہزاروں کام بتا دیتی ہیں۔ اور گڑ دینے کے نام پر بولیں گی۔ نہیں بھائی ہم گڑ کے پیسے میں ہاتھ نہیں ڈالیں گے ہمیں: چچا لگتا ہے۔"

اتنی مخالفت کے خوف کے باوجود اس کے سوا کوئی چارہ نہیں تھا کہ گڑ مانگا جائے۔ بیلو نے نہایت مسمسی سی صورت

بنائی، چلے خالہ اَماں کے پاس ۔

"خالہ اَماں بی اَماں نے کہا ہے ذرا سا گڑ دیدیجے، گڑ کے ٹکڑے پکیں گے"

"گڑ ہے.....اوئی کیسا گڑ" خالہ اَماں چکرائیں ۔

"جی گڑ...گڑ" بیلو اس سے زیادہ گڑ کی تشریح نہ کر سکے۔

"اے لڑکے دیوانہ ہوا ہے کچھ اور ہانگا ہوگا ۔ پرسوں ہی تو میں نے سوا چار سیر گڑ اکبر سلطان کو بھیجا ہے ختم بھی ہو گیا"

"جی بالکل ختم ہو گیا" بیلو بڑی بھولی آواز میں بولے۔

"اے بُوا سکندر زمانی ذرا سا گڑ دے دو...." گڑ تو مل گیا مگر خالہ اَماں نہایت جز بز ہو گئیں ۔"اے سرتاج زمانی سنتی ہو، اکبر سلطان کے ہاں سوا چار سیر گڑ مٹھیوں میں اڑ گیا"

"نوکروں نے چرایا ہوگا" سکندر زمانی بولیں ۔

ادھر جب ٹیٹو بی اَماں سے خالہ اَماں کے لیے گڑ مانگنے گئے تو دہ از حد چراغ پا ہوئیں ۔ لو منی آپا بھی حد کرتی ہیں۔ سنا ہے مار ہرے سے دسیم میں سیر گڑ لائے ہیں ۔ ایسا ہی تھا نہ بانٹنے کاہے کو بیٹھ گئی تھیں ۔ کلو بُوا پھٹینک آؤ اتنا مارا گڑ، ہمیں نہیں چاہیئے" بی اَماں بگڑ گئیں ۔

"بی اماں وہ کہتی ہیں ہمارے گڑ میں چوہیا نے بچے دیے ہیں اس لیے تھوڑا سا گڑ دیدیں تبے۔" میٹو نے بات سنبھالی۔

"ہے ہے اللہ کی پھٹکار چوہیا نامراد کی صورت پہ ۔ لے بی اختر سنتی ہو۔۔۔۔۔۔ منی آپا کے گڑ میں چوہیا نے بچے دے دیے۔ میرا سارا مشر دع کا گٹھنا کھا گئی حرامزادی۔"

"کون بی اماں۔" بی اختر ساڑھی پر پتی کا کام کرنے میں بالکل بے ہوش ہو جاتی ہیں ۔

"ارے وہی قطام چوہیا۔ میں کہتی ہوں یہ سکھٹی کا بچہ کس کرم کا ہے ۔ ڈھائی سیر اناج کھانے کو چوکس، چوہیا مارتے دم نکلتا ہے ۔ ارے یہ مونڈی کا ئی بلی کس مرض کی دوا ہے۔ کیا مجال جو ایک بھی چوہیا مار جائے۔"

"نہیں بی اماں ہماری مالو چوہے نہیں مارے گی۔ ہمیں گندے لگتے ہیں کمبخت چوہے۔" کمی آپا بولیں ۔

"ہاں ہاں تمہاری بلی تو نواب زادی ہے۔ چوہے نہیں مارے گی ۔ تخت پر بیٹھی گلاب کے پھول سونگھتی رہے گی ۔ نفرت ہے مجھے مٹلوسے۔" بی اماں جل گئیں ۔

اب میٹو کھڑے کھڑے کمسا رہے ہیں۔ بات گڑ سے چوہوں پہ کودی ۔ اور چوہوں سے کمی آیا کی نخریلی بلی پر اور دہاں سے بی اماں کی پٹاری میں رک ٹک کر گئی۔ کوشش چوہیا کے بجائے

کوئی اور ہی بہانہ کیا ہوتا تو یہ دو راسی بات بتنگڑ نہ بن جاتی۔

گڑ مانگنے کی اسکیم میں کچھ گڑ بڑ ہو گئی۔ بھولے سے بگو بھی دوبارہ بی اماں سے گڑ مانگنے آ گئے۔ وہ پہلے ہی گڑ کے ذکر پر چڑھی بیٹھی تھیں۔ اسی وقت امیرخاں سے کہا لے جا کر منی آپا کے ہاں پہنچ آؤ گڑ۔ ہمیں نہیں چاہئے۔ منگائے جا رہی ہیں تو بھیجا کیوں تھا۔

آئے جب گڑ مانگا تو وہ ایک دم بھنا اٹھیں۔

"کہہ دو آپا سے خالہ اماں سے منگا لیں۔ ہم نہیں دیتے'۔

گڑ کی مہم کچھ زیادہ کامیاب نہیں رہی۔ کہیں سے تو اتنا مختصر گڑ ملا کہ دوسرے ٹھکانے پر پہنچتے پہنچتے میٹھو میاں نے راستے ہی میں چکھ ڈالا۔ گو جن جن اڈوں پر پہنچے کسی نے گڑ کے معاملے میں جوش و خروش نہیں دکھایا۔ بہت ہی تھوڑا سا جمع ہو پایا۔ بیٹو نے جس جیب میں گڑ رکھا اس میں اتفاق سے پہلے سے کباڑ خانہ موجود تھا۔ کچھ زنگھیائی ہوئی ٹیڑھی کیلیں، خالی کارتوس، مختلف رنگ اور وزن کے پتھر، چند کینچوے اور نیم مُردہ مینڈک کے بچے۔ جو انھوں نے مچھلی کے شکار کے خیال سے جمع کئے تھے۔ کچھ خوش رنگ پر۔ یہ سب چیزیں گڑ کے شیرے میں لتھڑ لتھڑ کر اتنی بھیانک ہو گئی تھیں کہ گڑ کی ٹافی کے خیال ہی سے رونگٹے کھڑے ہو گئے۔

خیر جتنا بھی گڑ جمع ہوسکا ہو سکا غنیمت سمجھا گیا۔ اب یہ نکڑ ہوئی کہ امیر خاں باورچی خانہ چھوڑ کر ذرا کلّو بوا سے باتیں مٹھارنے جائیں تو کچھ ٹافی وغیرہ پکائی جائے۔ چنانچہ جونہی امیر خاں ہانڈی اتار کر ذرا کلّو بوا سے اُن کے چوہتے شوہر کی شراب پی کر ٹھکائی کرنے کی عادتِ بد پر تبصرہ کرنے پیچھے تمیزوں نے باورچی خانے پر حملہ بول دیا۔ نہ جانے بہت سی پتیلیوں میں کیا کیا کچھ کھد بدا رہا تھا۔ یونہی تجربے کے طور پر دو چار ہانڈیاں چکھ ڈالیں۔ ایک اندھیری سی گہری پتیلی میں نہ جانے کیا اُبل رہا تھا۔ بیٹو صاحب کی عینک تو بی آماں کی پٹاری میں ٹانگیں اوپجی کیے لیٹی تھی۔ ٹھیک سے سوجھا بھی نہیں۔ جونہی ایک چمچ بھر کر مٹر ٹپا مارا کھانستے اوکے نالی کی طرف دوڑے۔ تحقیق کے بعد معلوم ہوا اس ناہنجار پتیلی میں میلی صافیاں اور جھاڑن آبا لے جا رہے تھے۔ خیر تھکتی کر کے ذرا سی گڑ کی ڈلی تالو میں چپکائی تب کہیں جا کر جھاڑنوں کا ذائقہ حلق سے نیچے کھسکا۔

کوئی ٹھیک پتیلی خالی نہ تھی۔ اس لیے ایک بڑے سے پتیلے میں ہی پکانے کا ارادہ کیا۔ پینے میں ذرا سا گڑ پڑتے ہی کھد بد کرنے لگا۔ ادھر تمیزوں چنے چھیلے۔ اور ایک دوسرے کو چنے پھگا کنے نے رو کتے میں ایسے غرق ہوئے

کہ بی اَمّاں کی ناک میں جب گرد جلنے کی بو پہنچی تو انھوں نے ہانک لگائی ۔

"اے ہے میرا اے کے نیچے تابہ بورچی خانے میں کیا تیرا کلیجا جل رہا ہے اور تو بیٹھا کلو بُوا سے چونٹلے بھگار رہا ہے" ٹافی سازوں کے آئے جواس گم ہوگئے ۔ بیٹوئے گرم پتیلا چھوا اور بلبلا کر بھاگے ۔ لگو ہڑبڑا کر اپنے کرتے کے دامن سے پتیلا پکڑ کر جو اٹھانے لگے تو جیب میں بھری ہوئی پینیاں گھوبنگے، بیچ کش، ربڑ، پنسل، اٹچی کی کنجی وغیرہ وغیرہ گرد میں گر گئیں ۔

بڑی مشکل سے امیر خاں نے آکر پتیلا اتارا ۔ زمین پر رکھتے ہی جلا ہوا گرد مع کباڑ کے پیندے میں سیمنٹ کی طرح جم گیا ۔ گرد کے جلنے سے پُرانے پتیلے سکا پیندا کچھ ایسا ناکارہ ہوگیا کہ اس پر قلعی نہیں چمکتی اور جب بی اَمّاں نانا اِبّا کے فاتحے کا پلاؤ بگھارنے بیٹھتی ہیں ٹافی سازوں کی نئے سرے سے آفت آجاتی ہے ۔

تینوں کی گرد انگیے کی اسکیم بھی پوشیدہ نہ رہ سکی اور مفتول کورٹ مارشل ہوتا رہا ۔ بے چارے خاموش سر جھکا کر ملامتیں سُنتے ہیں ۔ اور غم کھا کر رہ جاتے ہیں ۔ اگر کہیں ٹافی کی اسکیم خاطر خواہ بیٹھ جاتی، گرد کافی ملتا، پتیلا اتنا بڑا نہ ہوتا تو مزا آجاتا ۔

منافع در منافع ہوتا۔ بینک بیلنس بڑھتا۔ اور آج یوں پھٹکاریں
سُننے کے بجائے ایک نہایت شاندار بنگلے میں تیموں ٹھاٹھ
سے رہتے۔ پھر آیاں یوں بھاؤ سے گئے گزرے کیوں چھیلتیں
نہ آئے سود در سود کے سوال رٹاتیں نہ مجیب بھائی مولیاں
بواتے اور نہ میوہ رام ہر وقت جیبوں کی تلاشی لینے کی ہمّت
کرتے۔ اُن کتنے عیش ہوتے!

اب تو تینوں کو اپنے پورے طور پر اناڑی ہونے کا
یقین ہونے لگا۔ چھٹیاں چیونٹی کی چال رینگ رہی تھیں۔ خیر
ایک سہارا تھا کہ آموں کی افراط تھی۔ تینوں اپنی مخصوص
بیٹھک یعنی ''تاج اکبر'' کی سیڑھیوں پر بیٹھے سامنے بالٹی رکھے
آم چوس رہے تھے۔ اتنے میں وسیم بھائی بوکھلائے ہوئے
نیچری سے آئے اور سیڑھیوں پر پھٹ پھٹ کرتے چڑھ گئے۔
پھر نہ جانے کیا سوچ کر اتر آئے اور لمبے لمبے ڈگ بھرتے
گیٹ تک گئے۔ سارس جیسی گردن نیوڑا کر باہر کسی کو دیکھا
اور ایک دم اُچھل کر بھاگے۔ اُن کے چہرے پر ہوائیاں اُڑ رہی
تھیں۔ پسینے کی لمبی لمبی ٹوریاں چہرے پر پھسل رہی تھیں۔
پاجامہ کچھ زیادہ مل گجا ہو رہا تھا۔ غرض یہ کہ پریشانی اور
گھبراہٹ کا چلتا پھرتا اشتہار بنے ہوئے تھے۔

''کیا ہوا وسیم بھائی؟'' انہیں پھر سیڑھیوں پر لیکتے ہوئے

بیٹو نے پوچھا۔ وہ ایک دم ٹھٹک کر گرتے گرتے بچے۔

"دیکھو کوئی آدمی آئے اور پوچھے وسیم صاحب کہاں ہیں تو کہہ دینا مارہرہ گئے ہوئے ہیں؟" انھوں نے کھسپاکر کہا۔

"کیوں؟" بیٹو نے آم کی گٹھلی زور سے سٹرک پر گزرتے ہوئے کتے کی ٹانگ میں ماری۔ وہ بیں بیں کرتا ہوا جھاڑیوں میں گھس گیا۔

"کیا بات ہے وسیم بھائی" بیٹو کو چپکے چپکے وسیم بھائی کی چلا کر کہہ دینے کی عادت یاد آگئی کہ "ہمارے کمرے میں کوئی نہیں چھپا ہے۔ یہاں کوئی نہ آئے؟"

"ہم جھوٹ نہیں بولتے" گوگے صاف جھوٹ بولا۔

"آپ تو گدھے ہیں۔ معلوم ہے کون تین دن سے میرے پیچھے لگا ہوا ہے؟" وسیم بھائی نے رازداری سے اگلو دن نیپٹتے ہوئے کہا۔

"کون؟ سلطانہ ڈاکو؟" گوگے بولے۔

"اس سے بھی زیادہ خطرناک آدمی ..... انکم ٹیکس افسر!"

"انکم ٹیکس کیا ہوتا ہے یار بیٹو؟"

"کیوں وسیم بھائی انکم ٹیکس کیا ہوتا ہے؟"

"اماں یار نہایت بیہودہ چیز ہوتی ہے اب تمہیں کیا بتائیں جرمانہ ہوتا ہے" وسیم بھائی کرا ہے۔

"جرمانہ!...اور جو نہ دو تو؟"

"جیل میں سٹرو۔" غم غلط کرنے کے لیے انھوں نے بالٹی میں سے ایک موٹا سا آم کپڑا اگر ابھی پلپلا ہی رہے تھے کہ کوئی آدمی سائیکل پر سوار پھاٹک میں داخل ہوا۔ وسیم بھائی بغیر چک اٹھائے بم کے گولے کی طرح اندر گھس گئے، آم سمیت! تینوں نہایت بے اعتباری سے نووارد کو دیکھنے لگے۔

"ظفر منزل کو کون سا راستہ جاتا ہے میاں؟" سائیکل سوار نے سیڑھیوں پر پیر لٹکا کر پوچھا۔

"کیوں؟ کیا کام ہے؟... کیوں پوچھ رہے ہو۔ گو کھڑکے۔

"ویسے ہی مجھے کریم صاحب سے ملنا ہے۔" وہ بولا۔

"جھوٹ بول رہا ہے۔... اصل میں یہ وسیم بھائی کی تاک میں ہے۔" گو نے بیلو کے کان میں کہا۔

"کیا تم انکم ٹیکس افسر ہو؟" میٹو بھونڈے پن سے بولے۔

"نہیں صاحب میں تو رئیس میاں کا نیا نوکر ہوں۔ بیگم صاحب نے بڑا پیلا پیلا منگوایا ہے۔ کچھ اڑا پکائیں گی۔"

"تو تم انکم ٹیکس افسر نہیں ہو؟" بیلو نے حسرت سے پوچھا۔

"نہیں تو صاحب، بے انکم ٹیکس کیا ہوتا ہے؟"

"ارے تم کیسے آدمی ہو انکم ٹیکس نہیں جانتے! جرمانہ ہوتا

ہے' بیچارے وسیم بھائیُ پر کر دیا گیا ہے"

"ارے رے یہ تو بڑی بات ہوئیُ صاحب! پھر؟"

"پھر یہ کہ وسیم بھائیُ اندر چپ کر بیٹھے ہیں کہ کرٹے نہ جائیں"
گگو نے تشریح کی ۔

ان تینوں کو خبر ہی نہ ہوئیُ باتوں میں لیے لگے کہ ایک آدمی سائیکل پر آیا اور کھڑا ہو کر اُن کی باتیں سننے لگا ۔

"تو صاحب ظفر منزل کدھر ہے" رئیس میاں کے ننے نوکر سے پوچھا ۔

"ادھر سیدھے چلے جاؤ سامنے ..." بیٹو بتانے لگے ۔

"ارے نہیں نہیں ۔ ادھر بھول کر بھی نہ جانا ادھر سے تو انکم ٹیکس والا آ جائے گا ۔ وسیم بھائیُ کہہ رہے تھے" بھولا سا نیا نوکر گھبرا گیا ۔ "مگر صاحب میں نے تو کچھ کیا نہیں ہے ۔ مجھ پر کا ہے کو لگا دیں گے ٹیکس"

"کچھ کرنے سے تھوڑی لگتا ہے ٹیکس ۔ وسیم بھائیُ تو بیچارے کبھی کچھ کرتے ہی نہیں ۔ پھر بھی ان پر ٹیکس لگ گیا"

"تو میں کیا کروں صاحب ۔ یہ بھی کوئیُ اندھیر ہے ۔ کچھ کرو نہ تب بھی ٹھک ٹھک جاؤ نہ جریانہ"

"وسیم صاحب کہاں ہیں" نئے آدمی نے سائیکل کھڑی ککے

پوچھا۔

"شی اتنی زور سے اُن کا نام مت لو......... وہ اَنکم ٹیکس والے کی وجہ سے اندر چھپ کر بیٹھے ہیں" میٹو بولے۔"تم نے سڑک پر آتے میں کسی خطرناک شخص کو تو نہیں دیکھا ؟"

"نہیں......." وہ آدمی مسکرایا ۔ "تو وسیم صاحب اندر ہیں۔ ذرا بلا دیجیے صاحبزادے"

"جاؤ ٹیٹو.... بلا لاؤ"

"ارے واہ ہم کیوں جائیں" میٹو آموں پر بیٹھے رہے۔

"بیٹو یار تم ہی بلا لاؤ" گورے زور دیا۔

"ارے وسیم بھائی.....۔" بیٹو نے مارے سُستی کے ہانک لگائی۔ وسیم بھا۔آ۔آ۔آئی........."

وسیم بھائی پہلے سے بھی زیادہ دُکھلائے ہوئے نکلے اور نئے سائیکل سوار کو دیکھ کر اُن کی پنڈلیاں لرزنے لگیں۔

"آداب عرض ہے وسیم صاحب کہیے' سب خیریت ہ؟" وہ مسکرایا۔

وسیم بھائی نے کھا جانے والی نظروں سے تینوں کو گھورا مگر کچھ بول نہیں سکے۔

"سکندر زمانی سے کہہ دینا میں انکم ٹیکس کے دفتر جا رہا ہوں" انھوں نے رقت بھری آواز سے کہا۔

"ارے وسیم بھائی ___" تینوں ہکا بکا دیکھتے رہ گئے اور اِکم ٹیکس والا مسکراتا ہوا اُنھیں ساتھ لے کر چلا گیا۔

"یار غضب ہو گیا۔ مارے گئے بچارے وسیم بھائی!" بیٹو نے کہا۔

"کیا گولی سے مارے جائیں گے بچارے؟" ٹیٹو خوف زدہ ہو کر بولے۔

"اماں ہٹاؤ یار نرے گادو دی ہو تم۔ گولی وولی نہیں ماری جائے گی مگر بیچارے وسیم بھائی بہت رپٹائے جائیں گے!" بیٹو افسردہ ہو گئے۔

"کیوں؟" ٹیٹو نے احمقوں کی طرح پوچھا۔

"بھئی اِکم ٹیکس جو نہیں دیا انھوں نے۔"

"آنہہ بھئی یہ اِکم ٹیکس کیا ہوتا ہے ہماری بالکل سمجھ میں نہیں آتا۔"

"آپ تو گدھے ہیں، ارے اِکم ٹیکس کیا ہوتا ہے یہ بھی نہیں جانتے؟" گلو حقارت سے ہنسے۔ "ذرا آپ کو دیکھے! اتنے بڑے ڈھور بگڑو ہو گئے یہ بھی نہیں معلوم کہ اِکم ٹیکس کیا ہوتا ہے؟"

حالانکہ بیٹو کی سمجھ میں بھی نہیں آیا تھا کہ اِکم ٹیکس کیا بلا ہے۔ اور اُنھیں پکا یقین تھا کہ گلو صاحب زبردستی اینٹھ رہے ہیں۔ اُنھیں بھی کچھ پتا نہیں۔ مگر وہ ان سے اس وقت لڑائی نہیں مول لینا چاہتے تھے۔ کل ہی اُنھوں نے ایک نئی تصویر بنائی

تھی۔ اگر گگو کے مزاج کے خلاف کوئی بات ہو جاتی تو وہ فوراً اس کے خلاف ایک محاذ قائم کر لیتے۔

"آہا جناب کچھ جو اچھی ہو یہ تصویر۔ ایسی تو بکری بھی اپنے گھر سے بنا سکتی ہے۔ وہ اپنے تلے اونچے کان پھڑ پھڑا کر فرماتے۔ اور بیلو کا دل مسلنگ کر کولا ہو جاتا۔ جی چاہتا تصویر کو کھرچ کر پھینک دیں۔

"ایں ہیں آپ کو جیسے معلوم ہے" میٹو کھسیانے ہو گئے۔

"اور کیا جناب کیا ہم آپ کی طرح پتھر ہیں؟"

"کچھ جو معلوم ہو، گگو صاحب بن رہے ہیں" بیلو جل کر مننا ہی دسے۔

"معلوم کیسے نہیں" گگو غرائے۔ ابھی وسیم بھائی نے بتایا جو تھا کہ جرمانہ ہوتا ہے۔ جو کوئی جرمانہ نہیں دیتا سپاہی ہی آ کر اُس کی کڑ کی کر لیتا ہے۔"

"یہ سپاہی تھا جو ابھی وسیم بھائی کو لے گیا؟"

"اور نہیں تو کیا کبدو تھا" گگو نے منہ چڑایا۔

"جناب وردی کیوں نہیں پہنے تھا" بیلو نے ٹانگ کھینچی۔

"کیوں پہنے وردی، خفیہ پولیس کا سپاہی تھا" گگو بولے۔

لفظ خفیہ سن کر میٹو کو ڈھارے بندے ڈاکو کھمپا کھیج تلواریں

چلاتے نظر آنے لگے ۔ خفیہ اور پُراسرار چیزیں نہایت خطرناک ہوتی ہیں ۔

"مگر کآ آماں پر کیوں نہیں ہوتا جرمانہ؟" بیٹو گلو کے سامنے عموماً زیادہ عقل کی بات کہتے ڈرتے ہیں کہ کہیں وہ اُنسے اپنی ذاتی ہتک نہ سمجھ لیں ۔

"جی ہاں آماں کے ڈنڈ دیکھے ہیں ۔ کوئی کُشتی لڑے تو صفا ہار جائے!" ٹیمٹو نے اطلاع دی " جناب ہماری آماں اتنی بگڑوئی ہیں کہ خفیہ پولیس کا آدمی بھی کتراتا ہے اُن سے"

"اصل میں عورتوں سے ٹیکس نہیں لیا جاتا" گلو بولے ۔ ان کا خیال تھا کہ آمائیں اور دادیاں نانیاں اتنی غفیل ہوتی ہیں کہ ہر وقت نوکروں کو ۔ بچوں کو ۔ مرغیوں کو ۔ بلّوں کو ۔ مہترانی کو ۔ ہوا کرۓ آندھی کو ڈانٹتی ہی رہتی ہیں ۔ ایک مسلسل ڈانٹ ہے جو کسی نہ کسی کے سر پر برستی ہی رہتی ہے ۔ ظاہر ہے کوئی بھی ہوشیار آدمی اُن سے اُلجھنا نہیں پسند کرے گا ۔

"تو جناب پھر خالہ آماں کیوں دیتی ہیں ٹیکس" بیٹو پیدائشی وکیل ہے ۔ بے کار کو ہر بات میں مین میکھ نکالے چلا جاتا ہے ۔

"کچھ نہیں ۔ سب غلط ہے ۔ گلو صاحب آپ کو کچھ جو معلوم ہو ۔ آپ بن رہے ہیں" ٹیمٹو اُلجھ کر بنّا اُٹھے ۔

"ٹیمٹو صاحب آپ نے زیادہ بدتمیزی کی تو ٹھک جائیں گے'

ہاں یہ کہہ کر نے اپنا رعب خاک میں ملتا دیکھ کر دھمکی دی ۔

"ارے واہ کیوں تھک جائیں گے؟ ہم بھی آپ کی شکایت کر دیں گے کہ آپ نے مجیب بھائی کے کئے کے ڈھیلا مارا تھا"

"کہہ کہاں مارا تھا ۔ جھوٹے"

"تم خود جھوٹے"

اور اس سے پہلے کہ تینوں گتھ گتھا جاتے اُدھر سے صوفی آ بھٹکتی ہوئی آن پہنچیں ۔ تینوں نہایت مہذب اور معصوم صورتیں بنا کر بیٹھ گئے ۔ صوفی آ کو مار پٹائی سے سخت خوف آتا تھا ۔ جہاں ذرا دھم دھکا مذاق میں بھی تینوں نے شروع کی اور انھوں نے رپٹایا اپنے کمرے سے ۔ صوفی آ کو ناراض کرنے کا مطلب تھا کہ ان تمام چاکلیٹوں اور ٹافیوں سے ہاتھ دھو بیٹھا جائے جو وہ اکثر دن بانٹا کرتی تھیں ۔ اس معاملے میں تینوں قطعی اناڑی نہیں تھے ۔ چنانچہ فوراً پینترا بدل کر بھولی بھولی صورتیں بنا لیں ۔

"صوفی آ آپ کو کبھی جرمانہ دینا پڑتا ہے"

"کیسا جرمانہ؟" صوفی آ چکرائیں ۔

"انکم ٹیکس کا"

"انکم ٹیکس ..... ارے بھئی انکم جرمانہ نہیں ہوتا"

"ایں ہ .... گر صوفی آر ....." میٹو ہلکلائے۔

سے بیوقوف انکم ٹیکس کہیں جرمانہ ہوتا ہے" گر چالاکی سے

ہنسے۔

"صوفی آر میٹو بالکل گھوسنچو ہیں"

"آں ؟ ہم کیوں ہوتے گھوسنچو آپ خود ہوں گے ۔جناب ابھی

تو کہہ رہے تھے جرمانہ ہوتا ہے پولیس کا آدمی آتا ہے ۔ پکڑ کر

لے جاتا ہے" میٹو چنگھاڑے۔

"ارے داہ ہم تو کہہ بھی نہیں رہے تھے ۔میٹو صاحب

جھوٹ بول رہے ہیں ۔ دیکھیے صوفی آر پھر ہم انھیں ماریں گے"

ایک دم گگو مدعی بن بیٹھے۔

"ابھی ابھی تو کہہ رہے تھے ! ہیں نا بیٹو ؟" میٹو نے ناک

پھلائی۔

بیٹو کو معلوم تھا کہ گگو صفا جھٹلا دیں گے ۔ اُن کے خلاف گواہی

دینے میں سراسر نقصانات ہیں ۔ بات ٹالنے کے لیے وہ لمبی لمبی

حمائیاں لینے لگے ۔ پھر ایک دم بولے۔

"تو صوفی آر دستم بھائی انکم ٹیکس والے کو دیکھ کر کیوں چھپ ٹا گئے"۔

"وہ ..... بھئی کوئی بات ہوگی ۔ روپیے نہیں ہوں گے"۔

صوفی آر کترائیں۔

"اور خفیہ پولیس کا آدمی" میٹو نے پوچھا۔

"اُنہہ کیسا خظیہ پولیس کا آدمی" صوفی آکر چڑھ کر جانے لگیں ۔

"تم لوگ اوندھی باتیں کرتے ہو"

"اچھی صوفی آلہ" "مینوں چھٹ گئے"۔

"بھئ ہمیں پڑھنا ہے"

"اُنہہ بس ہر وقت پڑھے جاتی ہیں" تینوں کی سمجھ میں قطعی یہ بات نہیں آتی تھی کہ کسی کو خواہ مخواہ پڑھنے جائے کا بھی شوق ہوتا ہوگا ۔ اماں آلہ یا مجیب بھائی کے خون سے کوئ شریف آدمی پڑھنے پر مجبور ہو جائے تو وہ اور بات ہے ۔ گر یہ کیا کہ بس خود بخود پڑھنے کا شوق کئے چلے جا رہے ہیں ۔

"دیکھو بھائی جیسے مکان میں رہنے کا کرایہ ہوتا ہے ایسے ہی ایک ملک میں رہنے کا کرایہ ہوتا ہے"

"ارے واہ ہم تو نہیں رہیں گے کسی ملک میں ۔ بیکار کو کیوں کرایہ دیں ۔ ہم تو ہمیشہ تاج اکبر میں رہے چلے جائیں گے"

"جی ہاں بڑے تاج اکبر میں رہے چلے جائیں گے نکال دیا جائے گا آپ کو" گو ہمیشہ معاملے کو بگاڑ دیتے ہیں ۔

"واہ کیوں نکال دیا جائے گا ۔ ہم تو نہیں نکلیں گے" ٹیٹو اکڑے ۔

"تاج اکبر میں رہو یا شاہیں ولا میں یا کوئی مکان لے کر رہو، ملک میں تو رہو گے ۔ اور جس ملک میں رہو گے وہاں کی گورنمنٹ

کو ٹیکس دینا پڑے گا۔ ہر ایک کو اپنی آمدنی پر ٹیکس دینا پڑتا ہے؟" صوفی آلہ بولیں۔

تینوں کے چہرے فق ہوگئے۔ یہ اچھی زبردستی ہے۔

"کیا سب سے ٹیکس لیا جاتا ہے؟" مٹو نے سہم کر پوچھا۔ اگر ان کی عیدی پر ٹیکس لگ گیا تو بوسا بھر جائے گا۔ ویسے ہی اماں اور آلہ ساری عیدی قرض لے لیتی ہیں اور مانگو تو ایسے ڈانٹتی ہیں جیسے اپنا زر اصل نہیں سود در سود داب رکھا ہے۔ واقعی یہ انکم ٹیکس بڑی خطرناک چیز ہے جب بھی تو سارے بزرگ پریشان رہتے ہیں۔

"مگر مونی تو قطعی طور پر بالکل ٹیکس نہیں دیتی حالانکہ وہ تو ملک کی اتنی زیادہ جگہ گھیرے رہتی ہے۔" بیٹو کا فلسفہ حل نکلا۔

"اور نتھا دھوبی بھی ٹیکس نہیں دیتا۔ سارے احاطے میں کپڑے پھیلا دیتا ہے۔ ٹینگ اڑاؤ صفا رستی میں پھنس جائے گی کرکٹ کھیلو گیند سیدھی کلفت کی بائی میں جا گرے گی۔ صوفی آلہ پلیز نتھا پر ٹیکس لگوائیے نا ڈاکٹر ماموں سے کہہ کر۔" مٹو نے التجا کی۔

"اور صوفی آلہ امیر زماں پر بھی ٹیکس لگنا چاہیے۔ تمام برآمدے میں دھنیا مرچیں سکھانے کو پھیلا دیتے ہیں یا گوبر دیسے اُو دی۔

"افوہ کیا تم یوگ کچر کچر بولے جا رہے ہو۔ بھئی جس کی سالانہ آمدنی تین ہزار سے کم ہو اُس پر ٹیکس نہیں لگتا۔ کیا تمہاری عیدی سال بھر میں تین ہزار ہو جاتی ہے؟" صونی آلے نے پوچھا۔

"تین ہزار باپ رے باپ........تین روپیے بھی مشکل سے ہوتے ہیں۔عشرت نما' فرحت نما ہوتے یہاں تو شاید تین چالیس ہو جایا کرتے۔ تینوں اپنی عیدی کو محفوظ پا کر مطمئن ہو گئے۔ بھلا کون اللہ کا بندہ اتنی عیدی دے گا۔جو ٹیکس لگے اور دسیم بھائی کی طرح بوکھلانا پڑے۔

"بھئی ہم کبھی تین ہزار نہیں کمائیں گے'' ٹمٹو نے فیصلہ کیا۔
"وہ کیوں بھئی؟"

"ٹیکس جو دینا پڑے گا۔ بھیا ہم تو بس دو ہزار سالانہ کمائیں گے۔ ہیں بیلو؟'' ٹمٹو کی سمجھ میں نہیں آیا کہ لوگ دو ہزار سالانہ سے زیادہ کیوں کماتے ہیں۔ کم کمانے ہی میں فائدے ہیں ۔

"اور اتنے روپیوں میں گزر کیسے ہو گی'' صونی آلے نے پوچھا۔ بچے بھوکے مر جائیں گے۔ بیوی جوتیاں مار کر گھر سے نکال دے گی''

"آہا جناب مزا آئے گا'' بیلو چکے' مونی' قصائینی کے قبضے

دیکھے ہیں پیسہ نہیں کماؤ گے تو مارتے مارتے گلاب جامن بنا دے گی۔"
اف یہ موئی ٹقصائیں! غریب میٹو کی جان کو مصیبت ہو گئی
تھی ۔ روز کم بخت کو کھٹی ڈکاریں آتی تھیں۔ مجال ہے جو ہیضہ
ہو جائے۔ ابھی پرسوں اگر کم بخت چڑھا نے لگی ۔

"لے دولھا میاں لال اوڑھنی اور سونے کے کنگن لوں گی۔"
اگر لوگوں نے روک نہ لیا ہوتا تو میٹو وہیں اُسے قتل کر دیتے ۔

"ٹیکس ہر ایک فرد کی آمدنی کے مطابق لیا جاتا ہے۔ جیسے
جیسے آمدنی بڑھتی ہے ٹیکس بھی بڑھتا ہے ۔ اُسے سپر ٹیکس
کہتے ہیں" صوفی آلہ بولیں ۔

" صوفی آلہ اشعر کے آبا کہہ رہے تھے اس دن کہ انکم ٹیکس والے
کچھ نہیں چھوڑتے سب کچھ لے جاتے ہیں" بیٹو بولے "کل بیچارہ
کہہ رہا تھا انکم ٹیکس والوں نے ناطقہ بند کر رکھا ہے ۔ بہت
ستا رہے ہیں بیچارے آبا کو "

" اشعر کے آبا نے پانچ سال سے ٹیکس نہیں دیا ہے آمدنی
چھپاتے رہے اب پکڑے گئے تو سٹپٹا رہے ہیں"

" آمدنی کیسے چھپاتے رہے "

" جھوٹ موٹ فرضی ناموں سے تجارت کرتے تھے"

" کیوں ؟" بیٹو نے ناک سکوڑی ۔

" تاکہ سپر ٹیکس نہ دینا پڑے ۔ اگر وہ اپنی ساری آمدنی اپنے

ہی نام سے دکھاتے تو زیادہ ٹیکس لگتا۔ کئی جھوٹ موٹ کے ناموں سے آمدنی دکھائی تو ٹیکس تقسیم ہو کر کم ہو گیا"

"بے حد چالاک ہیں! اب کیا ہوگا؟"

"سالے روپے مع جرمانے کے بھرنا پڑیں گے"

"ان کی کئی کوٹھیاں ہیں' باغات ہیں' ملوں میں شیئر ہیں وہ بیچنا پڑیں گے"

"اگر کوٹھی بک گئی تو برا ہوگا" تینوں فکر مند ہو گئے۔ اشعر کی کوٹھی بے حد شاندار تھی۔ لمبا چوڑا میدان تھا۔ کرکٹ اور فٹ بال کے لیے فرسٹ کلاس جگہ تھی۔ ویسے نیبو نارنگیاں اور کچے پکے آم توڑنے میں بھی خاصہ مزہ آتا تھا۔

"مگر یہ تو بڑی زیادتی ہے۔ نہ دیں ٹیکس تو؟" بیلو نے پوچھا۔

"تو صفا جیل میں جائیں گے" گو ہمیشہ بھیانک قسم کی پیشین گوئی کرتے ہیں۔

ابھی تینوں کوٹھی کے غم میں گھل رہے تھے۔ کہ صوفی آپا کو کآماں نے آواز دے دی۔

"اے بی صوفی ان احمقوں سے بیٹھی کہاں سر مار رہی ہو! ذرا ادھر آنا" اور صوفی آپا بھاگ گئیں۔ ابھی کتنے سوال تینوں کے دماغ میں اُچھل کود مچا رہے تھے۔ آخر انکم ٹیکس والوں کو

یہ چھوٹ کیوں بلی ہوئی ہے ۔ زبردستی ٹیکس لگا دیتے ہیں ۔ کوئی کمائے انہیں مفت میں دے دے ۔ پولیس بھی ان کا کچھ نہیں بگاڑ سکتی ۔ بھلا یہ حادے کہ نہیں کتنے ہزار ٹیکس ہیں! اِنکم ٹیکس سیلز ٹیکس ، تفریح ٹیکس ، نہ کھاؤ نہ پیو نہ ہنسو کھیلو تب ٹیکس وصے جاؤ''

''بھئی ہم تو سیدھے جا کر نہرو چاچا سے شکایت کر دیں ۔ دو منٹ میں اِنکم ٹیکس والوں کو پیس بلا دیں گے'' گوٹو نے فیصلہ کیا ۔

''کیا بہت تگڑے ہیں؟''

''اور نہیں تو کیا آپ کی طرح پھیپس ہیں ''

''کچھ زیادہ تو تگڑے بھی نہیں ۔ دُبلے سے ہیں '' بیلو نے چڑھ کر کہا ۔

''دُبلے سے کیا ہوتا ہے ۔ طاقت تو ہے جناب !'' گوٹو دُبلے ہیں مگر سب کو بھون بھون کر مزا لیتے ہیں ۔ ان کی حرکتیں تو قطعی دُبلی پتلی نہیں ہوتیں ۔

''مگر یہ تو صفا زیادتی ہے '' تھوڑی دیر سوچ کر بیلو نے فیصلہ کیا ۔

'' اور کیا زیادتی تو ہے ہی '' گوٹو ہمیشہ میٹو اور بیلو کی ہر بات پر فیصلہ کرتے ہیں جیسے وہ تو پہلے ہی یہ بتا چکے تھے ۔

"بیچارے اشعر کے دیئے کا گھر بھی بِک جائے گا۔" ٹیٹو غمگین ہوگئے۔

"اور نہیں تو کیا؟ بس کتے کا گھر بِک جائے گا؟ کہ وہ بھی اس میں اپنے کتے صاحب کو رکھو،" گھوتے نے حسبِ عادت چِڑایا۔

"ہم اُسے اپنے گھر میں رکھ لیں گے۔"

"جی ہاں بہت رکھا، اپنے گھر میں، خالہ اَماں گولی ماردیں گی،" ٹیٹو نے ڈرایا۔

حالانکہ بیچاری خالہ اَماں کے پاس سروتے سے زیادہ خطرناک ہتھیار ہی نہ تھا؟ یاد ہے اُنکی بھبیں نے ذرا اشعر کے اَبا کے پھول چرا لیے تھے تو اُسے کاجنی ہاؤس بھجوا دیا تھا۔ جب سے خالہ اَماں اُدھار کھائے بیٹھی ہیں۔ اُن کا بس چلے تو اُنھیں مُرغا بنا کر موٹی قصائنی کو پیٹھ پر چڑھا دیں؟"

بِلّو نے دل ہی دل میں اس حسین نظارے کا نقشہ کھینچ کر لطف اٹھایا۔

خالہ اَماں سے سب ہی ڈرتے تھے۔ خصوصاً وسیم بھائی کی تودہ آتے جاتے ٹانگ کھینچتی تھیں۔ وسیم بھائی آتے جاتے بھی بہت تھے۔ ایک پل ان کی ٹانگوں کو قرار نہ تھا۔ گھڑی باہر نو گھڑی اندرِ، لمبے لمبے ڈگ بھرتے شٹراپ شٹراپ پاجامہ پھٹکارتے دن میں سینکڑوں چکّر لگا ڈالتے تھے۔

"مگر یار یہ کمی آپا پر میکس کیوں نہیں لگتا۔ کتنی عیدی اینٹھتی ہیں جب دیکھو تمیضیں بن رہی ہیں"

"خدا قسم ان کی قمیصوں پر میکس لگ جائے تو مزا آجائے"

"اور زبیدہ آپا کی چھلوں پر بھی میکس لگے۔ پلنگ کے نیچے قطار کی قطار لگی ہے۔ لال پیلی اودی ہری نیلی چاکلیٹی"

"ایں ہیں جناب چاکلیٹ کی کہاں ہے چپل؟" میٹھو نے سوچا چلو ایک بات پر تنکو کی جہالت پکڑی گئی۔ مگر بجائے نادم ہونے کے گکو صاحب دونوں ٹانگیں ہوا میں لہرا کے ٹھٹے لگانے لگے۔ بیٹو نے فوراً ان کا ساتھ دیا۔

"چاکلیٹ کی نہیں بیوقوف، چاکلیٹی.... چاکلیٹ کے رنگ کی"

"ارے ہم سمجھے چاکلیٹ کی" میٹھو منمنائے۔

"نرے گاودی ہو یار" گکو ہنسے۔

"کیوں یار گکو اگر ہم چاکلیٹ کی چپلیں بنا کرتیں تو" بیٹو نے خواب آور نظروں سے فضا میں چاکلیٹ کی چپلیں بنا ڈالیں۔

"ہاں.... اور موتی چور کے لڈوؤں کی بھی چپلیں بنا کرتیں۔ مزا آجاتا" گکو نے چٹخارا لیا۔

"اور سموسوں کی؟"

"جناب قلاقند کی بھی"

"بالو شاہی کی بھی تو"

"مگر بمبئی کے طلوے کی چپلیں لاجواب ہوں گی"

"جناب رس گلوں کی چپلیں بہترین رہیں گی"

اور تینوں قسم قسم کی مٹھائیوں اور لذیذ کھانوں کی چپلیں بنا بنا کر ان کے خیالی مزے سے جھوم جھوم کر چٹخارے لینے لگے۔ تینوں کو کھانوں کے ذکر سے بے اختیار بھوک لگ آئی۔ مگر بھلا بے وقت کون کھانے دے گا۔ نہ جانے کس احمق نے دنیا میں اتنی بیہودہ بیہودہ چیزیں رائج کر دیں۔ چڑیاں دن بھر دانا چگتی ہیں کوئی منع نہیں کرتا۔ بکریاں جب چاہیں مزے سے بھول چاب لیں۔ مگر انسان وقت سے کھائے، وقت سے سوئے، وقت سے جاگے اور پھر اوپر سے الٹا ٹیکس دے۔

اف حد ہے زیادتی کی!۔

صوفی آلہ بھی حد ہیں۔ پوری بات بتا کر بھی نہیں گئیں۔ آخر یہ انکم ٹیکس کس نے لگانا شروع کیا، کب اور کیوں کیا؟ ابھی صرف ساڑھے گیارہ ہی بجے تھے پورا ایک گھنٹا تھا کھانے میں۔ آموں سے تو بھوک اور بڑھ گئی۔

اتنے میں من بھیّا کچھ کاغذ میں سے نکال کر کھاتے ہوئے گزرے تینوں پوکے ہو کر انھیں گھورنے لگے۔

"کیا کھا رہے ہو من بھیّا؟" بیلو نے تیس میل فی گھنٹے کی رفتار سے اُن کے جبڑوں کو سفر کرتے دیکھ کر پوچھا۔ من بھیّا نے ذرا کے ذرا رفتار کم کی، ایک موڑ لیا، ہگیر بدل کر جبڑوں کا پلیج چھوڑ دیا اور چال دو گنی کر دی۔

"چمڑا!!" من بھیّا کے کاغذ میں لپٹا ہوا چمڑے کا بھورا بھورا چمکدار ٹکڑا نکالا۔ "کھاؤ گے؟"

"آخ تھو۔ ہم تو نہیں کھاتے" ٹیٹو بگڑے۔

’’مت کھاؤ‘‘ یہ کہہ کر من بھیا نے کھٹ سے چمڑے کا ٹکڑا منہ میں ڈال کر چکی چلا دی ۔ تینوں کی آنکھیں پھٹی کی پھٹی رہ گئیں ۔ آج ہر انسان حد کرنے پر تُلا ہوا تھا ۔

’’کھا کے تو دیکھو گدھے‘‘ من بھیا نے تینوں کو ایک ایک ٹکڑا دیا ۔ ارے واہ! تینوں بھوکچکے رہ گئے ۔

’’اور دو من بھیا‘‘ ٹمیٹو کھٹے میٹھے چمڑے کا چٹخارا لے کر کہہ گیا سے ۔

’’ختم ہو گیا بھئی‘‘ من بھیا نے پتلون کی جیبیں لوٹ دیں ۔
’’کہاں سے آیا تھا‘‘
’’ہمارے جوتے میں سے نکلا تھا اور کہاں سے آتا‘‘
’’سچ‘‘
’’اور نہیں تو کیا جھوٹ‘‘
’’کیا سب جوتوں کا چمڑا میٹھا ہوتا ہے‘‘ بیلو نے اپنی نئی چپل کو دیکھ کر چٹخارا لیا ۔
’’نہیں بس کسی کسی میں ہوتا ہے ۔ اصل میں دودھ دینے والی بکری کا چمڑا بہت میٹھا ہوتا ہے‘‘
’’اس سے بھی زیادہ‘‘
’’اور کیا‘ یہ تو بھیڑ کا چمڑا ہے اس لیے تھوڑا کھٹا ہے ۔ بکری کا بہت عمدہ ہوتا ہے‘‘ من بھیا بڑی بڑی سنجیدگی سے

بولے ۔

"مگر پتا کیسے چلے کہ کون سا چمڑا میٹھا ہے؟"

"جوتے سونگھو صاف پتا چل جائے گا" چنانچہ تینوں مختلف قسم کے جوتے چپلیں اور سینڈلیں نہایت تندہی سے سونگھنے لگے ۔

سارے گھر کے نئے پرانے جوتے سونگھ ڈالے ۔ مگر کسی میں سے بھی من بھیا کے جوتے کے چمڑے جیسی مہک نہ آئی ۔ صرف وسیم بھائی کے جوتے سے لہسن پیاز کی تھوڑی تھوڑی بدبو آرہی تھی ۔ کیوں کہ وہ باورچی خانے کے کوئی ڈیڑھ دو سو پھیرے لگا چکے تھے ۔

روز تینوں من بھیا سے میٹھے چمڑے کی "تلاش" کے پروگرام پر بحث مباحثہ کرتے ۔ جوتے سونگھنے والی اسکیم بے طرح فیل ہو گئی ۔ کیونکہ جوتے سونگھتے دیکھ کر آپا بہت خفا ہوئیں ۔

"ہائے اللہ آپا نہ جانے کمبختوں کو کیا ہو گیا ہے ۔ ہر وقت جوتے سونگھتے ہیں ۔ اور پوچھو کہ بھئی کیوں تو جواب ملتا ہے ۔ بھئی ہیں اچھی لگتی ہے خوشبو" اس پر آپا اتنی چلائیں کہ ان کا گلا بیٹھ گیا ۔ اور انہوں نے الٹی میم دے دیا کہ اگر کوئی جوتے کو ہاتھ لگا تا بھی پکڑا گیا تو اسی جوتے سے اس کی ٹانٹ گنجی کر دی جائے گی ۔ مگر اللہ کا کرنا ایسا ہوا کہ من بھیا

کے دل میں ہی رحم آگیا۔ اور ایک دن انھوں نے تینوں کے کان میں چپکے چپکے اطلاع دی کہ اگر چمڑا کھانا ہو تو تیار ہو جاؤ۔ تینوں لپک کر دوڑے۔

"بتائیے من بھیا۔ کہاں سے ہے؟"

"وہ دیکھو جو کمی آپا کی نئی جوتی ہے نا۔"

"وہ راک اینڈ رول والی؟"

"ہاں ہاں"

"وہ جو بالکل نئی ہے اور وہ بمبئی سے لائی تھیں۔"

"اُنہہ۔ ہاں بھئی وہی۔ اس میں اندر کی تہہ کا جو چمڑا ہے انتہا سے زیادہ میٹھا ہے" من بھیا نے چٹاخ سے تالو سے زبان ٹکرائی۔

"کمی آپا دیں گی تھوڑی" ٹیپو نے حسرت سے ٹھنڈی سانس بھری "کبھی جو دے جائیں پکی کنجوس ہیں"

"ایسا کرو بلیڈ سے اوپر کا چمڑا ہوشیاری سے کاٹو اندر کا میٹھا چمڑا نکال کر کاغذ بھر کے صفائی سے سی دو۔ پتا بھی نہیں چلے گا" من بھیا نے ترکیب بتائی۔

من بھیا تو ٹہل گئے۔ تینوں حسرت سے کمی آپا کی نئی گرکا بی دیکھ دیکھ کر ٹھنڈی آہیں بھرنے لگے۔ واقعی گرکا بی نہایت رسیلی اور لذیذ دکھائی پڑ رہی تھیں۔ تینوں کے چبڑے

دیکھنے لگے اور پانی بھر آیا۔ کتنی ہوشیار ہیں۔ کیا مجال جو اُتار جائیں ذرا بھی۔ تینوں اِرد گرد ایسے منڈلانے لگے جیسے لڈو‎ؤں کے تھال کے گرد مکھیاں۔

"کیوں بھئ موقع ملا؟" من بھیا پانی پینے کے بہانے سے تینوں کے پاس سے گزرے۔

"وہ اُتارتی تو ہیں نہیں گرگابی؟" ٹیٹو ردِ ہانے ہو گئے۔

"اچھا ہم ایک ترکیب کرتے ہیں تم ہوشیار رہنا؟" من بھیا سے اسی دن کمی آپا کی اَن بَن ہوگئی تھی۔ کمی آپا نے من بھیا کی سب سے لاڈلی قمیص کی جیب پھاڑ ڈالی۔ غصے میں اگر من بھیا نے اُن کی چوٹی میں سے لمبی سی لٹ کاٹ ڈالی۔ بس غضب ہی تو ہوگیا۔ کمی آپا بالوں کی کٹی ہوئی لٹ کو پیارے سے بچے کی لاش کی طرح گود میں رکھے گھنٹوں بھوں بھوں روتی رہیں۔ بس دونوں کی بول چال بند۔

"بھئ کوئ کیرم کھیلتا ہے؟" انھوں نے جیسے دیوار کو دعوت دی۔ کمی آپا نے نہایت بے رُخی سے سوں سے ناک بجائی اور کٹی ہوئ لٹ مٹولنے لگیں۔

صوفی آلہ اور زبیدہ آپا تو آگئیں۔ اب ایک کھلاڑی کی کسر تھی۔ بڑی مشکل سے انھوں نے کمی آپا کو پھسلایا۔

"بھئ کمی تم ہمارے ساتھ ہو جاؤ۔ من پاجی کی طرف

دیکھنے کی بھی ضرورت نہیں''

کمی آپا نے گرگابی اُتاری۔ تینوں چھٹوروں کے دل کی کلیاں کھل گئیں۔ مگر کچھ سوچ کر انھوں نے واپس پہن لی۔ بیچاروں کے منہ اُتر گئے۔

''کس قدر کی بدذات ہیں! کمی آپا''

مگر تھوڑی دیر بعد اُن کی دُعاؤں میں اثر ہونے لگا۔ کمی آپا یوں اکڑی بیٹھی تھیں تو ٹھیک سے نہیں کھیل پا رہی تھیں۔ صوفی اکا ہارنے جو لگیں تو چڑھ گئیں۔

'' اُنہہ کمی یہ کیا بکری کی طرح بیٹھی ہو۔ سیدھی طرح بیٹھ کر کھیلو نہیں تو غارت ہو جاؤ''

کمی آپا نے اپنی عزیز از جان گرگابی اتاری اور پاتی مارکر بیٹھ گئیں۔ من بھیّا نے آنکھ ماری۔ لال لال رسیلی گرگابی دیکھ کر تینوں کے منہ میں پانی بھر آیا۔ ٹہلتے ٹہلتے تینوں شکاری پہنچے۔ پہلے ہی حملے میں غڑاپ سے گرگابی ٹیپو صاحب کے نیکر میں۔

نیبو کے جھاڑ کی آڑ میں تینوں نے لرزتے ہوئے ہاتھوں سے بلیڈ سے جوتی کا چمڑا کاٹا۔ پہلے ہی ٹکڑے پر چھین جھپٹ شروع ہو گئی اور فساد ہوتے ہوتے بچا۔ خیر تینوں نے ایک ایک ٹکڑا منہ میں ڈال کر دانت مارے۔ لا حول ولا قوۃ املے

بدبو کے دماغ سٹر گیا۔

گمر اس سے قبل کہ وہ چمڑا تھوک پاتے کئی آپا نے بھوکی بلی کی طرح اُن پر حملہ کر دیا۔ اپنی دلاری پیاری گرگابی کی پوسٹ مارٹم کی ہوئی لاش دیکھ کر وہ سیڑھیوں پر پچھاڑ کھا گئیں۔ دھوپ جو لگا تو ٹیٹو تو ایک جھٹکے سے چمڑے کا ٹکڑا اُنگل ہی گئے۔ کھاتے اوکتے تینوں بی اماں کے دربار میں گھسیٹ کر لائے گئے۔

"اے کلمہ ہو! بگوڑی کی نئی جوتی کا قیمہ کر ڈالا۔ یہ کیا کر رہے تھے؟"

"کھا رہے تھے" ٹیٹو نے خناس نے!

"اولی! جوتی کھا رہے تھے۔ لے لو اور سنو! اے خدا کی سنوار! جوتیاں بھی کھانے لگے" بی اماں غم اور غصے سے بدحال ہو کر کسنے میں سے ڈلی نکال کر چھانکنے لگیں۔

"سؤردہ! یہ چمڑا کیوں کھا رہے تھے؟" آگے ایک ایک دھول تقسیم کرکے پوچھا۔

"میٹھا ہوتا ہے۔۔۔۔ من بھیا سے پوچھ لیجے' انہوں نے کہا تھا" صفائی پیش کی گئی۔

"چمڑا ہے۔۔۔۔۔ میٹھا ہے۔۔۔۔۔" من بھیا بھولی سی صورت بنا کر بولے۔ کسی کی سمجھ میں نہ آیا کہ اصل معاملہ کیا تھا۔ گھنٹوں تینوں سے جرح کرکے پلیٹمن نکال دیا۔

"رو مت کمی ۔ میرے پاس ان تینوں کی عیدی کے پیسے رکھے ہیں تم اس میں سے نئی گرگابی بمبئی سے منگوا لینا" بی اماں نے ڈھارس بندھائی ۔ یہ لیجیے عیدی بھی ختم !

کچھ عیدی کا غم کچھ سارے گھر کی پھٹکار، زندگی سے عاجز آ کر تینوں نہایت بجھے ہوئے خاموش تاج اکبر کی سیڑھیوں پر منہ لٹکا کر بیٹھ گئے ۔ منّے بھیّا بڑے فکر مند سے آئے ۔ بڑے دُکھی ہو کر کہنے لگے ۔

"یار اب میں کیا کر سکتا ہوں ۔ مجھے کیا معلوم تھا ۔ میں نے بھی اندازاً کہہ دیا تھا ۔ میں نے سونگھی نہیں تھی گرگابی" "تو کیا سونگھنی چاہیے تھی ۔" گگو بولے

"اور کیا بھئی نہیں تو ویسے ہی کاٹ ڈالنی چاہیے ۔ ہیں ؟ ارے کیا تم لوگوں نے واقعی بغیر سونگھے کاٹ ڈالی گرگابی ؟" "ہاں !" تینوں نہایت ناودم ہو کر بولے ۔

"نرے گاودی ہو ۔ یہ بکرا اسی نا، اللہ میاں نے کاہے کو دی ہے ۔ انھوں نے ٹیٹو کی بھولی ہوئی ناک دبا کر کہا ۔ اور خوب ڈانٹ بتائی گدھے کہیں کے ! پہلے ہر جوتے کو نہایت احتیاط سے سونگھنا چاہیے ۔"

اس کے بعد تینوں جب کسی کو نیا جوتا پہنے دیکھتے ۔ آنکھوں ہی آنکھوں میں اشارے ہوتے اور بڑی ہوشیاری سے

جوتا سونگھ لیتے ۔ مگر ہر جوتے میں سڑاند آتی کیسی میں سے اُس لذیذ چمڑے کی میٹھی میٹھی مہک نہ آتی جیسا من بھیا سے دیا تھا ۔

اس بات کو بہت عرصہ ہوا ۔ ابھی کل پرسوں کچھ دن ہوئے دتی سے آمیگ تو بٹاری میں کتنی رنگ کا چمڑا نکال کر تمیزوں کو بانٹا۔ ڈرتے ڈرتے تینوں نے چکھا۔

''ارے کلموئی یہ چمڑا انہاں ملتا ہے ؟''

''اے میں صدقے جاؤں میاں یہ چمڑا تھوڑی ہے ۔ یہ تو آم کا پاپڑ ہے ۔''

''آم کا پاپڑ!''

''ہاں میاں آم کا رس نکال کر تعالوں میں سکھا یوں ہیں ۔''

تینوں نے خونی نظروں سے من بھیا کی طرف دیکھا جو نہایت معصوم صورت بنائے آم کا پاپڑ چوس چوس کر چٹخارے بھر رہے تھے ۔

''حد ہوگئی یار ۔'' گوّ نے کہا۔

''یعنی قطعی حد ہوگئی !'' بیّو نے ان کی تائید کی۔

اِنّد کرے من بھیا کی شادی شبنم سے کردیں اماں اور وہ اور بھی موٹی ہو جائے ۔ ان کا ہار مار کے بھر کرس نکال دے ۔ ٹیّو نے کرسا اور تینوں کے منہ میں آم کا پاپڑ چمڑے سے بھی زیادہ بدمزہ ہو گیا۔

ٹیٹو کی جان کو ایک غم کھائے جاتا تھا۔ نہ جانے اللہ میاں
نے کیا سوچ کر ان کی ناک چوکھونٹی تعمیر فرما دی۔ ویسے وہ کافی
حسین ہیں۔ مگر ناک نے ان کی لٹیا ڈبو دی درنہ وہ ان کا پیغام
شہزادی این یعنی ملکۂ انگلستان کی بیٹی سے روانہ کروا دیتے۔
کاشش کرتیں پری ورِی مل جاتی۔ اور اپنی جادو کی چھڑی
لا کر ان کی پٹیل ناک سے چھڑا دیتے۔ اور زن سے ان کی ناک
پتلی اور ستواں بن جاتی۔ سنڈریلا کی خاطر پری نے کدو کی فٹن
بنا دی تھی۔ اور چوہوں کو گھوڑوں میں تبدیل کر دیا تھا۔ کیا
کوئی کمبخت پری ان کی ناک کو جو کدو سے قطعی ڈیل ڈول میں
کم تھی جادو کے زور سے کھڑا نہیں کر سکتی تھی۔ یہ پریاں، وریاں
نہ جانے آج کل کہاں اونگھ کر بیٹھ رہی ہیں۔ ان کی ناک
نہ جانے کیوں رو دھو کر دو بوندوں منہ پھلائے ان کے چہرے پر
پھسل پڑی ہے۔ بس چلتا تو کمبخت کو چابک مار مار کر کھڑا

کر دیتے۔

ایک دن وہ اُداس بیٹھے اپنی ناک ٹٹول رہے تھے۔ پروین نے انہیں 'بسپل' کہہ دیا تھا چونکہ انھوں نے اُس کی گڑیا کو چٹیا سے لٹکا کر اُسے چکر دیے تھے۔

"کیا بات ہے ٹیٹو یار۔ ناک کیوں ٹٹول رہے ہو۔ کیا بیٹو نے گھونسا مار دیا؟"

"ارے واہ بڑے آئے بیٹو صاحب مارنے والے"

ٹیٹو بگڑے۔

"کچھ زیادہ پھولی ہوئی لگ رہی ہے"

ٹیٹو ایک دم غمگین ہو گئے۔ کچھ دن سے انہیں شبہ ہو رہا تھا کہ وہ کم بڑھ رہے ہیں مگر ان کی ناک کبھرے گڑی کی رفتار سے بڑھ رہی ہے۔

"اماں ایک ترکیب کیوں نہیں کرتے۔ فرسٹ کلاس ہو سکتی ہے ناک"

"ایں ہیں کچھ جو فرسٹ کلاس ہو جائے"

"آنہہ مت مانو ..... ہمارا کیا ہے تمہاری ہی ناک پچٹی رہ جائے گی۔ لاپروائی سے من بھتیا بولے اور گھٹنا ہلانے لگے۔ بیٹو کو ان کی تجویزوں پر عمل کرکے بڑے تلخ تجربے ہو چکے تھے مگر ناک کا معاملہ تھا۔ ترکیب سننے میں کیا نقصان ہے۔

"کیسے ہ" انھوں نے بظاہر بے توجہی سے پوچھا۔

"وہ جو کپڑے ٹانگنے کی چٹخنی ہوتی ہے نا ہ؟"

"ہاں!"

"بس وہ لو اور رات کو سوتے وقت ناک اُس سے دبا کر سو جاؤ صبح تلوار کی طرح پتلی پتلی نہ ہو جائے تو میرا ذمّہ۔"

"ایں ہیں ...... کہیں ہوئی نہ ہو" ٹیپو کو یقین نہ آیا مگر امید کی ایک ہلکی سی لہر اُن کا دل دھڑکا گئی۔

"اُنہہ گدھے، ہم کوئی مذاق کر رہے ہیں ...... یہ جیب بھائی کی ناک ہے نا؟"

"ہاں بہت کتارا سی ہے؟"

"تمھاری طرح ہلکی جیسی تھی پہلے؟"

"اچھا۔ تو پھر۔"

"پھر کیا ... تمھارا سر۔ چپندھو تم۔ بس چٹخنی لگا کر سوؤ ا جیسی بنا لی ناک۔ ویسے بھئی تم جانو اور تمھاری ناک؟"

من بھائی تو شگوفہ چھوڑ کر چل دیے۔ ٹیپو سوچ میں پڑ گیا۔ آزمائے میں ایسا کون سا ہرڑ لگا آجائے کا خدشہ ہے۔ موقع مناسب دیکھ کر انھوں نے رسی میں اٹکا ہوا کلپ اتار کر نیکر کی جیب میں ٹھکالیا۔ رات کو جب بتیاں بجھ گئیں تو چپکے سے لگایا۔ پہلے تو ایسا معلوم ہوا کسی نے دانتوں میں لے کر ناک چبا ڈالی۔

آنکھوں میں آنسو اُبل آئے ۔ مگر ملکۂ انگلستان کے اکلوتے
داماد بن کر بکنگھم پیلس میں راج کرنے کا خیال دل کو ڈھارس
دلاتا رہا ۔ نیند تو آگئی ۔ مگر رات بھر ڈراؤنے خواب ستاتے
رہے ۔ کبھی دیکھتے ناک میں ایک اژدھا لٹکا ہوا ہے کسی صورت
نہیں چھوڑتا ۔ کبھی دیکھتے اُن کی ناک کھینچ کر ہاتھی کی سونڈ بن گئی
اور ایک شیر اُس میں جھول رہا ہے ۔ رات کو کراہ کراہ کر کئی بار
جاگے ۔ پھر دل پر پتھر کی چٹان رکھ کر سوگئے ۔ پھر خواب میں
دیکھا ناک اتنی بڑھی اتنی بڑھی کہ نیم کے پیڑ کے برابر ہوگئی ۔
اس پر بندر اُتر رہے ہیں چڑھ رہے ہیں ۔ مینائوں نے گھونسلے
بنا لیے ہیں ۔ ایک ہُدہُد اپنی نکیلی چونچ سے سوراخ پہ سوراخ
کیے جا رہا ہے ۔ ۔ بہتیرا ہش ہش کر رہے ہیں پنجے گاڑے بیٹھا
ہے ۔ ناک ہے کہ ہوا کے جھونکوں میں ایسی جھوم رہی ہے کہ
معلوم ہوتا ہے ایک جھٹکا اور آیا تو چرچرا کر ٹوٹ پڑے گی ۔
ناک اتنی لمبی ہو چکی تھی کہ اس کی پھنگی تک ان کی ہش ہش
نہ پہنچ سکی ۔

صبح جو نہی اماں فجر کی نماز کو اُٹھیں تو صبح کی دھندلی
روشنی میں ٹیٹو کی ناک پر ایک بڑا سا کوڑا بیٹھا دکھائی دیا ۔
پنکھے کی ڈنڈی جو انہوں نے ناک کر کوڑے کی ٹانگوں پر
ماری تو ٹیٹو بلبلا کر ہنگھارے ۔ اب جو انہوں نے دیکھا تو

کمبڑا نہیں جنجنی تھی ۔ بوکھلا کر چلّا اُٹھیں ۔

"اے بی اختر ذرا دیکھنا ۔۔۔ٹیٹو کو کیا ہوگیا ۔ ہے ہے ؟"

چاروں طرف جگار ہوگئی سب ٹیٹو کے گرد جمع ہو گئے ۔ اب ناک پر جہاں کلپ لگا تھا وہاں دورانِ خون بند ہو کر گہرا سا گڈھا پڑ گیا تھا ۔ جتنی ناک باہر رہ رہ گئی تھی وہ آلو بخارے کی طرح ہو کر سوج گئی تھی ۔ بڑی مشکل سے کلپ نکالا گیا ۔ ٹھنڈے گرم پانی سے ٹکور دی گئی تب کہیں جا کے ناک کا دورانِ خون ٹھیک ہوا، ذرا سوجن اُتری ۔ تیل کی مالش کی گئی ۔

وہ دن اور آج کا دن ٹیٹو میاں نے ملکہ الزبتھ کی دادی کی ساری امیدیں بالائے طاق رکھ دیں ۔ اگر وہ من بھیّا کی بتائی ہوئی حُسن بڑھانے کی ترکیب پر کچھ گھنٹے اور عمل کر لیتے تو آج قطعی ناک سے ہاتھ دھو بیٹھتے ۔

بیٹو کو ہمیشہ سے گپیں مارنے کا شوق ہے۔ ایسی ایسی گھڑ کتا
ہے کہ بس کیا بتائیے۔ بچے مزے سے کیرم کھیل رہے ہیں یا
زنانزن ترپ چال ہو رہی ہے۔ یا کوئی نہایت دلچسپ کہانی
پڑھ رہے ہیں۔ عین اُس وقت جب کہ ہیرو اژدہے کے چنگل
میں پھنسا زور مار رہا ہے۔ بیٹو صاحب آن دھمکے۔

"چلو.... اماں بلاتی ہیں" اب نہ جائیں تو کیا جب جو
بلا ہی رہی ہوں۔ اماّئیں عموماً ایسے ان گھڑے موقعوں پر ضرور
بلانے کی عادی ہوتی ہیں۔ خیر اماں کے پاس گئے۔

"اماں آپ نے ہمیں بلایا تھا"

"ارے دور ہو کلمو ہو   میں کا ہے کو بلاتی۔ کون تمہاری صورت
کو ترس رہی ہوں کہ چڑھے چلے آتے ہر چھاتی پر" اماں چڑھ کر
جواب دیتیں۔ اب آپ ہیں کھسیانے، اور بیٹو صاحب دانت
نکورسے ہنس رہے ہیں۔ جی چاہتا ایک مکّا ایسا جڑیں کہ

سارے دانت ٹوٹ کر حلق میں جا پڑیں ۔ مگر دانت تو ویسے ہی
ٹوٹ کر اونگے بونگے ڈراؤنے نکل رہے ہیں ۔ ذرا بیٹو کو دیکھا
اور چلائے ۔

"کیا آماں .... دیکھو ہمیں مارا"

اور آماں بنا پوچھے چھے ڈانٹنے لگیں گی ۔

"ٹھہر تو جا سورے خبردار جو تونے میرے بیٹو کو ہاتھ بھی لگایا ۔
کھال آدھیڑ کے رکھ دوں گی" اب انہیں لاکھ سمجھائے کہ یہ
آپ کا لاڈو کی شکل کا لال دل کا بہت کالا ہے ۔ مگر کون
سنتا ہے !

اور یہ تو روزانہ کا اصول بنا لیا ہے ۔ جہاں آبا کے پیٹ پر
بیٹھے اور شکایتوں کا دفتر کھل گیا ۔

فلاں نے منہ چڑایا تھا ۔ فلانے گھونسا دکھایا تھا ۔
عذرا پروین نے گلاب کا پھول توڑا تھا ۔ ٹیٹو نے مرغی کی
دم کھینچی تھی ۔

اب کہو بھلا یہ بھی کوئی بات ہوئی ۔ عذرا پروین کی گڑیا
کا بیاہ تھا ۔ ایک دو پھول توڑ لئے تو کون سا اندھیر ہو گیا ۔
یا بیچارا ٹیٹو بیٹھا بور ہو رہا تھا ایک ذرا کے ذرا مرغی کی دم
کھینچ لی تو کون سے اس کے لال جھڑ گئے ۔

مگر ایک دن بیٹو پکڑے گئے ۔

"آئس لینڈ میں برف ہی برف ہوتی ہے۔ لوگ برف کے گھروں میں رہتے ہیں۔ وہاں برف کی سڑکیں، برف کے سینما گھر، برف کے اسکول ہوتے ہیں۔ لوگ برف کے ڈیسکوں پر بیٹھ کر برف کی کتابیں پڑھتے ہیں اور ماسٹر صاحب برف کا کوٹ پہنے برف کے بلیک بورڈ پر برف کی چاک سے لکھتے ہیں۔ پھر برف کا چپراسی برف کے گھنٹے ٹا کو آئس کریم کی موگری سے ٹن ٹن بجاتا ہے۔ برف کے کتے سڑک پر بھو نکتے ہوئے بھاگتے ہیں اور بچے برف کے فراک اور پینٹ پہنے برف کی فٹ بال سے کھیلتے ہیں۔ وہاں سب برف کے پیڑ ہوتے ہیں جن میں آئس کریم کی نارنگیاں، کیلے، ناشپاتیاں، امرود، انناس اور آم ہوتے ہیں۔ وہاں بھیڑیں اور بکریاں چوکولیٹ کی آئس کریم کی ہوتی ہیں۔ اور برف کی لال لال آگ پر برف کی روٹیاں کنپتی ہیں۔"

"ہے بیوقوف۔ برف کی آگ کیسے جل سکتی ہے!" گورے زیادہ ضبط نہ ہو سکا۔

"جلتی ہے....... ہیں معلوم ہے۔"

"نہیں بیٹے برف کی آگ نہیں جلتی۔" آبا نے نہایت عالمانہ انداز میں عینک کے اوپر سے جھانک کر سمجھایا۔

"نہیں آبا....... جلتی ہے۔" بیٹے نے مکر کر کہا، "لال نہیں سفید سفید آگ جلتی ہے۔ اور برف کے ریڈیو میں سے الٹوں

کے گیت نکلتے ہیں'' بیلو کی آنکھیں چمکیں۔

اَبّا نے اخبار رکھ دیا۔ غور سے پہلے عینک کے نیچے سے پھر اوپر سے جھانک کر بیلو کو گھورا۔

''تم نہایت بے وقوف ہو ۔ نرے چغذ.....'' اَبّا نے ڈانٹ ڈانٹ کر ثابت کر دیا کہ بیلو گپ ہانک رہا ہے ۔ وہاں برف کے بنے ہوئے جانور نہیں ہوتے۔

''مگر اَبّا کتاب میں لکھا ہے ۔ برف کے کُتّے!''

''یعنی وہ کُتّے جو برف پر گاڑیاں گھسیٹتے ہیں۔''

''اور جناب بالکل آئیس کریم کے بیل نہیں ہوتے۔'' ٹیٹو بولے۔

''ہوتے ہیں'' بیلو ڈٹ گئے۔ اَبّا قطعی بور ہیں۔ سارے کے بیلو کی پوری برف کی دُنیا پگھلا دی۔

بیلو کا بہت مذاق اُڑا اور ایک دَم سے اُن کی گپ بازی کی دھوم مچ گئی۔ اور جب گھر کے بزرگوں کے دل میں ایک بات بیٹھ جائے تو وہ سچی مان ہی لی جاتی ہے۔ اب تو یہ حال ہو گیا کہ بیلو اگر کہتے۔

''ہماں ہمیں بھوک لگی ہے ۔'' تو کوئی نہ یقین کرتا۔

''چل جھوٹے بدمعنی کرے گا۔ سہ پہر کو منوں ستّو بھگتے تھے'' حالانکہ غریب بیلو کو سہ پہر کو نیم کے نیچے بیٹھا چمچے سے چینٹے

حلال کر رہا تھا۔ ستو کب گھلے کب پی لیے گئے اُسے خبر بھی نہ ہوئی۔ جب چیونٹے انتقاماً اُس کے نیکر میں گھس گئے اور اُسے بے نقر رکھ دیا تو بیچارا کا اَماں سے کولھوں پر چونا لگواتے لگواتے سو گیا تھا۔ گو کہ اگر یاد بھی ہوتی تو وہ بیلو کی موافقت کی بات صاف پی جاتے۔

غرض بیلو کی دروغ گوئی کی دھاک ایسی بیٹھی کہ اُن کے سارے کارناموں پر پانی پھر گیا۔ ایک دن جب بیلو اپنے کمرے میں سونے کے لیے گئے تو وہاں سے سر پٹ دبے ہوئے آئے۔ اور دادی اَماں کی گود میں چڑھ گئے۔

"اے بیلو سوتے کیوں نہیں۔ جاؤ اپنے کمرے میں" دادی اَماں بولیں۔

"نہیں ——"

"کیوں؟"

"شیر!"

"شیر؟.... اے کیسا شیر؟"

"شیر.... اِتا بڑا...." جتنے ہاتھ پھیل سکے پھیلا کر بیلو نے باپ بتایا۔

"کہاں ہے شیر؟" اَبا جان نے غصّہ کر کے پوچھا۔

"ہمارے پلنگ کے نیچے۔"

"پھر تم جھوٹ بولے" ابّا نے بڑی بڑی آنکھیں نکالیں۔

"مینے ....اللّٰه قسم !"

"جھوٹا ....لپاٹی" دادی آمّاں نے ایک زور کا دھپ جمایا اور اپنی گود سے سٹرے ہوئے بنگن کی طرح لڑھکا دیا۔

"چل سیدھی طرح جا کے سوا اپنے کمرے میں ....چل سور.... چل .... چل" آگے نے للکارا۔

"نہیں .....آمّاں ...شیر !"

"چو..و..وپ! شیر کا بچّہ .....! ابّا ڈبکارے جاتا ہے۔ اب لگاؤں سنٹیاں ۔شیر تو شیر اگر اژدہا بھی ہوتا تو ابّا کی ڈانٹ سُن کر بیلّو ہنستے کھیلتے اُس کے منہ میں چلے جاتے۔

"پھسڈّی کہیں کا ۔" چاروں طرف دہ لے دے ہو ئی کہ بیلّو رپتے کمرے کی طرف ...... شیرے سے زیادہ خوفناک دہ مہتیں تھیں جو اُن کے سر کے گرد منڈلانے لگیں اور جو شیر اور چیتے سے کم خوفناک نہیں ہوتیں بیشیر چیتے زندہ نگل جاتے ہیں ۔کان تو اتنی زور سے نہیں اینٹھتے۔

"ہر وقت جھوٹ بولتا ہے" آمّاں بولیں۔

"کس قدر گپیں تراشتا ہے نالائق" ابّا نے رائے دی۔

"ڈر پوک بنا دیا ہے آمّاں باوا نے لڈکے کے ۔دو کوڑی کا نہیں رہا بچّہ" دادی آمّاں نے طعنہ مارا۔ بڑی دیر تک

بیلو کے جھوٹ پر تبصرہ ہوتا رہا۔ پھر لوگ اِدھر اُدھر کی باتوں میں بیلو اور شیر دونوں کو بھول گئے۔ لوگ سونے کا پروگرام بنا ہی رہے تھے کہ میوہ رام بو کھلائے ہوئے آئے۔

''مجیب میاں باہر درد غر جی کھڑے ہیں''

''درد غر جی۔ ارے ہے یہ کمبخت اس وقت کہاں آن ٹپکا دادی اماں بڑ بڑائیں'' لوگ پیچھا ہی نہیں چھوڑتے جان کو لگ گئے ہیں''

''ارے بلاؤ بلاؤ۔۔۔۔۔۔ آیئے انسپکٹر صاحب ۔۔۔۔۔۔ آیئے ۔۔۔۔۔ کیسے تکلیف فرمائی'' ابا نے چوترے پرسے پکارا۔ انسپکٹر صاحب کے ساتھ ایک گھنٹے دار مونچھوں والے صاحب بھی تھے۔ جو میوہ رام سے بھی زیادہ سٹپٹائے ہوئے تھے۔ دو چار لاٹھی بند کانسٹبل بھی تھے۔ ابا گھبرا گئے کیا گڑ بڑ ہو گئی۔ کالج کے لڑکوں نے کوئی ہنگامہ کھڑا کر دیا۔

''کیا کوئی چوری وُوری ہو گئی۔۔۔۔۔ خیریت تو ہے'' ابا نے پوچھا۔

''نہیں صاحب چوریاں تو ہوتی ہی رہتی ہیں۔ دیکھیے سب خیریت ہے۔ یہ سرکس کے مینیجر صاحب ہیں'' انہوں نے گھنٹے مونچھوں کی طرف اشارہ کیا۔

''آداب عرض آپ سے مل کر بڑی مسرت ہوئی'' ابا

 72

جھوٹ بولے۔

"صاحب .... وہ بات یہ ہے کہ کرس کا ایک نہایت ہی بدمعاش شیر چھوٹ گیا ہے ....."

"شیر؟ ــــ شیر ..... یعنی کہ شیر" اَبّا ہکلائے۔

".جی ہاں قطعی شیر ..... نہایت خونخوار اور پاجی ہے۔ کل ٹرینر کو بھنبھوڑ ڈالا ہوتا۔ بال بال بچے۔ ابھی آپ کے پڑوس سے رئیس صاحب نے فون کیا کہ ایک عدد شیر آپ کے باغ میں گھومتا دیکھا گیا ہے۔

"باباغ .... شیر ــــ بِلّو" اَبّا مونڈھے پر ڈھلک گئے۔

"بِلّو بیچ ہی کہہ رہا تھا" انھوں نے سہم کر بِلّو کے کمرے کی طرف دیکھا جس کا ایک دروازہ باغ کی طرف کھلتا تھا۔

"ہائے .... لوگو میرا بِلّو ـــــ" اَماں جو کمرے سے سب کچھ سُن رہی تھیں پچھاڑ کھا کر ڈنلپ کے نئے گدّے پر گریں۔ پھر اُٹھ کر دوڑیں بِلّو کے کمرے کی طرف گرا آئے کو لیا بھر کر اُنھیں پکڑ نہ لیا ہوتا تو وہ سیدھی شیر کے جبڑوں میں پھنس جاتیں۔

"ہائے میرا بچہ! ...ارے مجھے تو پہلے ہی معلوم تھا تم لوگوں پر بھاری ہے بچہ.....ارے اس کی جان لے کر ہی چین آیا؟ حسب دستور دادی اماں نے گھبرائے ہوئے اماں اور اَبّا کی ٹانگ لی یہ اب تو کلیجے میں ٹھنڈک پڑی"

"ہائے میرا انتھا منا سا بلّو؟ شیرے نے چبا ڈالا اور اس نے منہ سے ڈر کے مارے آواز بھی تو نہیں نکالی۔ سب اماں چپکی چپکی رونے لگیں اور گو ٹیمو بھی پھوٹ پھوٹ کر رونے لگے "ہائے پیارے بلّو تم سے امید نہ تھی کہ شیرے کا ناشتہ بن جاؤ گے اور ہمیں یوں اکیلا چھوڑ جاؤ گے"

"ہائے اللہ کیا کٹر کٹر چبا یا ہوگا ۔ بچارے کو اب تک تو جہنم ہو کر آنتوں میں پہنچ چکا ہوگا" منّی بھائی نے آہ بھری۔ اَبّا کا بُرا حال تھا۔ وہ تو خالی ہاتھ ہی گھس کر شیرے سے گتھّم جانا چاہتے تھے۔ ان کا بس نہ تھا کہ اس کے حلق میں ہاتھ ڈال کر اپنے لاڈلے بلّو کو بکال لائیں۔ لوگوں نے بڑی بڑی مشکل سے انھیں دلاسا دیا۔ بندوقیں اور لاٹھیاں لے کر سب آہستہ آہستہ بلّو کے کمرے کی طرف بڑھے۔ اندر جھانکا تو دو دو بڑی بڑی چنگاریاں پیڑ کے نیچے دہک رہی تھیں۔ مگر بلّو کا کہیں پتا نہیں تھا!

شیرے نے ایک پھونٹرا تک نہ چھوڑا تھا۔

گھر میں کہرام مچ گیا۔ دادی اَماں تو شیر کا تِلّہ چیرنے پر تُلی ہوئی تھیں۔ بڑی مشکل سے اُسے پنجرے میں ڈالا گیا جو سرکس کے منیجر لائے تھے۔ گولی مارنے میں ایک خطرہ تھا۔ شیر کے مُنہ کو انسان کا خون لگ چکا تھا۔ اگر زخمی ہوگیا اور پلنگ کے نیچے سے ایک دم بِگل پڑا تو پھر کسی کی خیریت نہیں۔

"تعجب ہے نہ خون کے نشانات ہیں نہ ہڈیاں ——" انسپکٹر صاحب بولے۔

"ارے وہ نگوڑا تھا ہی کتنا۔ ہائے میرا پھول بِلّو .... مزے دار تو تھا ہی جبھی تو شیر نے خون کی ایک ایک بوند چاٹ لی" دادی اَماں کو غش آنے لگا۔

ایک دم سے کمی آپا کی فلک شگاف چیخ فضا میں گونجی اور وہ لڑکھڑاتی ہوئی آکر چوکی پر گِر گئیں۔ ....

"بی بی .... بیٹو ......" جیسے اُنھوں نے بھوت دیکھا ہو۔ "کہاں کدھر ——" سب نے انھیں ہِلا ڈالا۔ "غو ....غو ...... غسل خانہ ......"

اَماں دوڑیں۔ اَبّا نے لپک کر اُنھیں پکڑ لیا۔ بِلّو کی کمی پھٹی لاش دیکھ کر کہیں وہ پاگل نہ ہو جائیں۔

کلیجہ تھامے اَبّا اور میوہ رام روتے بلبلاتے غسل خانے میں پہنچے۔ بِلّو کی خون میں لتھڑی لاش وہاں بھی نہ تھی۔ وہ تو

گرمی سٹری پے گھوڑے کے پاس اکڑوں بیٹھے ادھر دیکھ رہے تھے۔

"سور پاجی.....ناقمعقول.....یہاں بیٹھا ہے گدھا۔ اور ہم ناحق پریشان ہو رہے ہیں۔" اتابے ایک رہپٹ لگایا اور کان پکڑ کر بیلو کو اٹھالیا۔

کہاں ماتم ہو رہا تھا کہاں ایک دم شادیانے بجنے لگے۔ سب نے بیلو کو گلے لگایا۔ اُن کے اتنے لاڈ ہوئے اتنے صدقے اُتارے گئے۔ ایسا معلوم ہوتا تھا جیسے وہ ابھی ابھی اللہ میاں کے ہاں سے تشریف لا رہے ہیں۔ گلو اور ٹمیٹو ایک دم چڑھ کر اداس ہو گئے۔ کاش شیرے نے انھیں ذرا سا ہی چاب لیا ہوتا۔

اس دن سے جو بیلو کے سو راجا کے نہیں۔ ٹھاٹ سے جھوٹ بولتے ہیں۔ دھڑا دھڑ گپیں مارتے ہیں۔ کوئی دم نہیں مار سکتا کسی میں اتنی ہمت نہیں کہ انھیں جھٹلا سکے۔ اب تو اگر وہ کسی دن کہہ دیں کہ اُن کی مٹھی میں مگر مچھ ہے تو بھی اُن کو جھٹلانے کی ہمت نہ پڑے گی۔ کیا عجب جو وہ مٹھی کھول کر مگر مچھ دکھا دیں تو کوئی اُن کا کیا بگاڑے گا۔

"بھئی ان ماسٹروں کے خوب ٹھاٹ ہیں۔ مزے سے سائیکلوں پر ونڈ ناتے پھر رہے ہیں۔ جسے جب جی چاہا ٹھوک کر مرغا بنا کر کرسی رکھ دی۔ اور غصہ آیا تو کونے میں مُنہ دے کر چھٹی کے گھنٹے میں کھڑا کر دیا۔ کوئی جملہ پانچ سو دفعہ لکھنے کو دے دیا۔ نطیں رٹوا ہیں۔"

گگو نے ٹھنڈی سانس بھری۔ آج ان پر کلاس میں بُری بیتی تھی۔ ان پر روز ہی بُری بیتتی تھی۔ گگو اپنی کلاس کے دادا تھے۔ ہر شرارت اُن کے زیرِ سایہ پروان چڑھتی تھی۔ ناطقہ بند تھا استادوں کا۔

"نہ ہوم ورک کرنا" میٹو نے رِدا دھرا۔

"نہ جومیٹری رٹنا" گگو کو جومیٹری سے بڑا استارکھا تھا۔ دو متوازی خطوں کے بیچ میں بننے والے زاوئے برابر ہوتے ہیں۔

"ہوتے ہیں تو ہونے دو ہم کیا کریں" میٹو نے سوچا۔

"یہ ہسٹری بھی کچھ کم بدذات نہیں ۔ محمود غزنوی نے سترہ حملے کیے ۔ ارے بھئی کیے تو ہم نے اُسے تھوڑی بھڑکایا تھا!" بیلو نے جرح کی ۔

"یار یہ جغرافیہ بھی فضول ہے ۔ گیہوں کہاں پیدا ہوتا ہے ۔ چاول کہاں اگتا ہے ۔ دریا کہاں بہتا ہے ۔ پہاڑ کتنا اونچا ہے ۔ سمندر کتنا گہرا ہے ۔ تمہیں بھی کوئی ٹھیک ہے ۔ چاول دال سے باورچی کو دلچسپی ہوگی ۔ سمندر کی گہرائی کی فکر کریں وہیل مچھلیاں ۔ ہمیں کوئی سمندر ناپنے ہیں"

تینوں ہوم ورک کر کے بستروں پر لیٹ گئے ۔ اور اس دن کے خواب دیکھنے لگے جب بجائے پڑھنے کے وہ اُستاد بن کر دوسروں کو پڑھائیں گے ۔

"مزہ آ جائے گا" گگو نے لڑکوں کے تخیل میں ٹھونکتے ہوئے خنجار الیا ۔ مزے سے گپیں ماریں گے ۔ سینما دیکھیں گے ۔ لائبریری اپنے قبضے میں ہوگی ۔ کہانیوں کی کتابیں پڑھیں گے ۔ کیا حسین زندگی ہوگی!

آنکھ لگی ہی تھی کہ دروازے پر دستک ہوئی ۔ ٹمٹو لپکے کیونکہ انھیں ٹکٹ جمع کرنے کا شوق تھا اور ڈاکیے کی آواز وہ خوب پہچانتے تھے ۔

"ارے گگو ..... تمہارے نام رجسٹرار صاحب کا خط!"

ٹیمٹو نے لفافہ لاکر دیا۔

"کھولو تو یار کس کا خط ہے" بیٹو نے شوق سے کہا۔

خط کھول کر جو پڑھا تو تینوں سناٹے میں رہ گئے۔ گگو تو مارے حیرت کے قلابازی کھا گئے۔ خط میں لکھا تھا۔

مسٹر گگو

واضح ہو کہ آپ اسکول ٹیچر کے عہدے پر مقرر کئے جاتے ہیں۔ کل صبح پابندیِ وقت کا خیال رکھتے ہوئے کلاس میں پہنچ کر پڑھائیے۔ ابھی نوکری عارضی ہے۔ لیاقت دیکھ کر تنخواہ مقرر کی جائے گی۔ اور آپ کو مستقل ماسٹر بنا دیا جائے گا۔

فقط ....

ایک دم سے گگو اُٹھ کر ناچنے لگے۔

"آہا جی .... ماسٹر ..... نوکری ... مستقل تنخواہ ..."

مارے رشک کے بیٹو اور ٹیمٹو پست ہو گئے۔ مرے جا رہے ہیں اب تو گگو کے۔ نہ ہوم ورک نہ رٹائی۔ نہ آئے دن کی مار کھائیں۔ رعب جھاڑنے کا موقع الگ۔

گگو اسکول جانے کی تیاری کرنے لگے۔ عید پر جو تیلون بنی تھی وہ ڈالی۔ من بھیا کا چھوٹا کوٹ انھیں مل گیا تھا۔ خوب برش سے صاف کرکے پہنا۔ جوتوں پر پالش کرکے اتنا چمکایا کہ منہ دکھائی دینے لگا۔

"ہم پہنچا دیں گے کومیاں ـــــ" میوہ رام نے کہا کیوں کہ وہی تینوں کو روزانہ سائیکل پر اسکول لے جاتے تھے۔

"ہٹ!" گھوڑے نے غرور سے گردن اکڑائی۔ اب انھیں میوہ رام کی قطعی ضرورت نہ تھی۔ آئیے میں دیکھ کر کنگھی کرتے وقت انھیں بڑی تکلیف ہوئی۔ کیوں کہ ماسٹر تو ہو گئے تھے مگر کان پہلے سے کچھ زیادہ ہی لمبے لگ رہے تھے۔ لڑکے کے مذاق اڑائیں گے۔ یہ سوچ کر انھوں نے کس کر کانوں پر رومال باندھ لیا کہ کچھ تو چھپے ہو جائیں۔

سائیکل پر بیٹھ کر تھوڑی ہی دور گئے ہوں گے کہ اڑاڑا اڑ ادھم! رات کو آنے جانے والوں کو گرانے کے لیے وہ تیلی سی تنی پیڑ اور پھاٹک سے باندھی تھی وہ نظر نہ آئی اور گومسا چت ہو گئے۔ جلدی سے ہڑ بڑا کر اٹھے کسی نے دیکھا تو نہیں بھید ہو جائے گی۔ ایک دم۔

پھر سوار ہو کر تھوڑی دور اور چلے تھے کہ "سے فش ....." اُن پنکچر ہو گیا۔ ہت تیری کی! واپس گھر جاؤ تو یا بندی وقت کیسے ہو، کلاس میں دیر ہو جائے گی۔ مجبوراً سائیکل گھسیٹتے چلے اسکول۔ پسینے پسینے ہو گئے۔ اُن رومال لانا بھی بھول گئے۔ خیر شکر ہے ماسٹروں کو رومال نہ لانے پر ڈانٹ نہیں پڑتی۔ انھوں نے آستین سے پسینہ پونچھا۔

اسکول کے میدان میں بچے سب بے تحاشا دوڑ رہے تھے اور غل مچا رہے تھے۔

''اہم!'' رعب ڈالنے کے لیے ماسٹر گگو کھنکارے مگر کسی نے نوٹس نہ لیا۔ دو لڑکے ایک دوسرے کو دھکے دیتے آکے ان کے پیٹ سے لڑ گئے۔

''عنک!'' دم نکل گیا گگو کا۔ جی چاہا فوراً سب کو مرغا بنا دیں۔ خیر جی کلاس میں خبر لی جائے گی سب کی۔

جیسے ہی کلاس کا دروازہ کھول کر گگو اندر داخل ہوئے سر پر ٹائیں سے۔ ایک پانی سے لبریز ڈبّہ گرا اور گگو سر سے پیر تک شرابور ہو گئے۔

اپنی کلاس میں کئی بار گگو یہی حرکت اپنے استادوں کے ساتھ کر چکے تھے اور خوب ٹھٹھے لگایا کرتے تھے۔ مگر آج جو ڈبّہ سر پر گرا تو مارے غصّے کے بے قابو ہو گئے۔ کلاس میں قیامت برپا تھی۔ کان پڑی آواز نہ سنائی دیتی تھی۔ لڑکے کاؤں کاؤں کیے جا رہے تھے۔

''خاموش ہو جاؤ!'' انھوں نے لڑکوں کو ڈانٹیں بتائیں۔ میز کو دونوں ہاتھوں سے پیٹا، مستری سے کھٹ کھٹ کی۔ لڑکے ذرا سا خاموش ہوتے پھر کھی کھی کرنے لگتے۔ باوجود ضبط کے ان کی ہنسی بار بار نکل جاتی تھی۔ ''بات کیا ہے؟'' گگو نے سوچا

مڑ کر جو دیکھا تو بلیک بورڈ پر گگو صاحب کی تصویر بنی ہوئی تھی۔ لمبے لمبے گدھے جیسے کان، گول آلو جیسی آنکھوں پر چشمہ، نیچے لکھا تھا۔

"تختی پہ تختی۔۔۔۔۔۔ماسٹر جی کی کھمبتی"
مارے غصے کے گگو صاحب لرز اٹھے۔ آنکھوں سے چنگاریاں برسنے لگیں۔

"یہ کس پاجی کی بدمعاشی ہے" گگو گرجے۔ مگر ان کی آواز پیں سے ہو گئی اور لڑکے مارے ہنسی کے نوٹن کبوتر بن گئے۔ ایک لڑکے نے ڈیسک کے نیچے منہ ڈال کر گدھے کی بولی بل دی، کلاس میں زور دار قہقہہ پڑا۔ گگو کا جی چاہا اپنا سر پیٹ لیں یا زمین پر لیٹ کر خوب ہوٹیں لگا کر مچلیں۔ گھر میں جب وہ کبھی کوئی بات منوانا چاہتے تھے یا انہیں کوئی چھیڑ دیتا تھا تو فوراً مچل جایا کرتے تھے۔

"خاموش خاموش۔۔۔۔۔پاجیو نامعقولو۔۔۔۔۔گدھو۔۔۔۔۔"
گگو کا چلاتے چلاتے گلا بیٹھ گیا مگر لڑکے ہنستے رہے، ٹھٹھے لگاتے رہے، سیٹیاں بجاتے رہے۔ کوئی بلی کی بولی بول رہا تھا، کوئی کتے کی طرح بھونکتا، کوئی میؤں میؤں کر رہا تھا تو کوئی بھینس کی طرح ڈکارہا تھا۔ ایک لڑکا اُلو کی نقل کر رہا تھا دوسرا مرغے کی طرح اذان دے رہا تھا۔ مارے شل کے کان پڑی آواز

نہ سنائی دیتی تھی ۔ معلوم ہوتا تھا چاروں طرف سے بھوت پریت نکل کر ڈرا رہے ہیں ۔ کلاس نہیں چڑیا خانہ ہے ۔ بھانت بھانت کا جانور موجود ہے ۔ لڑکے اور بے قابو ہوئے ۔ دو چار نے چاک کے ٹکڑے اور کاغذ کی گولیاں بنا کر ماریں ۔ گگو ناک پکڑ کر بیٹھ گئے ۔ وہ تو خیر ہوئی کہ اتنے میں ہیڈ ماسٹر آ گئے ۔ اور بچے ان کے ڈر سے خاموش ہو گئے ۔ درنہ تھوڑی دیر میں گگو صاحب کا بھرتا بنا کر رکھ دیتے ۔

''آپ کیسے ماسٹر ہیں گگو صاحب آپ بچوں کو خاموش تو کرا نہیں سکتے بھلا پڑھائیں گے کیا خاک'' پھر وہ بچوں سے بولے ۔

''بچو تم اسکول پڑھنے کے لیے آتے ہو یا غل مچانے ۔ کتنی مشکل سے تمہیں اسکول میں داخلہ ملتا ہے ۔ تمہارے والدین سفارشیں لا لا کر تمہیں اسکول میں بھرتی کراتے ہیں اپنی ضرورتیں روک کر تمہاری فیس دیتے ہیں ۔ کتابیں خریدتے ہیں اور تم جلسے پڑھنے کے غل مچاتے ہو ۔ ہمارا بھی وقت ضائع کرتے ہو اور اپنے والدین کی گاڑھی کمائی خاک میں ملاتے ہو ۔ کیوں ؟ ۔۔۔۔۔۔ آخر تمہیں اپنا ہی نقصان کرکے کیا فائدہ ملتا ہے ۔ ہمارا ملک دوسرے ملکوں کے مقابلے میں تعلیم کے معاملے میں بہت پچھڑا ہوا ہے ۔ کتنے بچوں کو یہ تعلیم میسر بھی نہیں جو تمہیں قسمت سے

مل رہی ہے۔ کاش تم بدشوق بچوں کے بجائے ہم اسکول میں اُن بچوں کو پڑھا سکتے جو علم کی نعمت سے محروم ہیں۔ کتنے دُکھ کی بات ہے بچو! تم اپنے والدین، اپنے خاندان اور اپنے ملک کو دھوکا دے رہے ہو۔ پڑھنے کا بہانہ کرکے تم شرارتیں ایجاد کرتے ہو، مگر وہ بھی پُرانی سٹری ہوئی شرارتیں جن پر آج کل کے بچوں کو تو ہنسی بھی نہ آنا چاہیے۔ تم دُہراے جاتے ہو۔ تم اپنے اُستاد کی بے عزّتی کرکے ہنس رہے ہو۔ صرف اس لیے کہ وہ اپنا دماغ چپی کرکے تمہیں علم کی دولت بخش رہا ہے تم اُسے سزا دے رہے ہو۔ اُس کا کھیل بنا رہے ہو۔"

شرم سے بچوں کے سر جھک گئے، سب سے نیچا سر خود گکو کا تھا جو بات۔ ہیڈ ماسٹر صاحب نے کہی وہ خود انہیں کیوں نہ سوجھی۔ کل یتک گکو خود یہی حرکتیں کر رہے تھے۔ آج وہ نادم تھے۔ خاموشی ہوگئی تو کتاب کھولی۔ مگر پہلا ہی سبق گکو کو خود یاد نہ تھا۔ ہاتھ پاؤں پھول گئے، کاش اَبّا سے پوچھ کر پڑھ کر آئے ہوتے۔ اگر غلط سلط پڑھا دیا تو نوکری سے الگ بھی کال دیے جائیں گے۔ میٹھو اور بیٹو کے سامنے ناک کٹ جائے گی۔ گکو تو سمجھے تھے ماسٹر بن کر پڑھائی سے چھٹی مل جائے گی۔ معلوم ہوا کام صرف چوگنا ہوگیا۔ انہیں چار کلاسوں کے لیے روزانہ چار سبق یاد کرنے ہوں گے۔

کسی نے پھر چاک کا ٹکڑا اناک پر مارا۔ گکوئے گھور کر دیکھا تو سب انجان بن کر بیٹھ گئے۔ جیسے کچھ معلوم ہی نہیں۔ گکوئے نے صبر سے کام لیا۔ اُن آنسوؤں کو پی گئے جو اُن کی آنکھوں میں اُمڈ رہے تھے۔

سوال حل کرنے کے بعد چاروں طرف سے لڑکے کاپیاں لے کر پل پڑے لیے کہ سانس لینا مشکل ہوگیا۔ لڑکوں کو تو صرف ایک ایک سوال کرنا پڑا گکو صاحب کو پینتیس لڑکوں کی پینتیس کاپیوں میں پینتیس دفعہ ایک ہی سوال کرنا پڑا کیونکہ چند ہی لڑکوں نے ٹھیک ٹھیک سوال کیا تھا۔ ان پینتیس لڑکے اور ایک بیچارا ماسٹر! کچھ مزبکل گیا۔

شکر ہے کہ اتنے میں گھنٹا بج گیا اور باتی کاپیاں گکوئے اُٹھا کر بیگ میں ڈالیں کہ گھر سے صیح کرکے لأمیں گے خیال تھا آج ماسٹر بننے کی خوشی میں سینما جائیں گے مگر سب سینما وینا دھرا رہ گیا۔ اتنا کام کرنا ہوگا وہ کون کرے گا۔

دوسرے درجے میں گئے تو وہاں بھی خاصی گت بنی بڑی مشکل سے پندرہ منٹ برباد کرنے کے بعد لڑکے خاموش ہوئے۔ جغرافیہ پڑھانے لگے۔ پڑھا ہوا سبق تھا بھول بھال چکے تھے۔ چپکے چپکے کتاب میں سے دیکھ دیکھ کر پڑھانے لگے۔ لڑکے بھی چالاک تھے کتاب میں سے دیکھ دیکھ کر جوا سب

دینے لگے۔

"اے لڑکو کتاب میں سے دیکھ کر جواب مت دو۔" گوٹے نے ڈانٹا۔

"ماسٹر صاحب آپ بھی تو کتاب میں سے دیکھ دیکھ کر پڑھا رہے ہیں"

لڑکوں نے فوراً جواب دیا اور گوٹے سٹپٹا گئے۔ اور بڑی مصیبت! اب گھر سے جغرافیہ بھی پڑھ کر آنا پڑے گا۔

اس گھنٹے کے بعد چھٹی تھی۔ گوٹے جو کلاس سے اٹھ کر جانے لگے۔ تو کلاس کے لڑکوں نے ایک زور دار قہقہہ لگایا۔ گھبرائے ہوئے غزدر سے گردن اکڑا ئے باہر نکل آئے۔ اب یہ جدھر جاتے ہیں لوگ ہنس ہنس کر بے حال ہوئے جاتے ہیں۔ لڑکوں کو تو ڈانٹ دیا مگر جب استاد بھی انھیں دیکھ کر قہقہے لگانے لگے تو گوٹے کا خون کھول گیا۔ اور تو اور ہیڈ ماسٹر صاحب بھی گزرے تو وہ بھی مسکرانے لگے۔ گوٹے چکرائے "یا خدا یہ کیا مصیبت ہے"! گھبرا کر کان ٹٹولے کہ کہیں اور لمبے تو نہیں ہو گئے کیا ہو گیا کہ ہر ایک ہنسے جا رہا ہے۔

اتنے میں بیلو اور منٹو بھی آن پہنچے۔ انھوں نے بھی بے اختیار قہقہے لگانے شروع دع کر دیئے۔

"فوراً مرغا بن جاؤ نالائقو"

"ارے واہ بے کار میں مرفا بن جائیں۔ گگو صاحب اینٹھ رہے ہیں یہ ٹیٹو منانے لگے۔

"تو کیوں ہنس رہے ہو؟" گگو غرائے۔

"اپنا کوٹ اتارو؟" بیلو نے رائے دی۔

"واہ جناب کیوں اتاریں؟" گگو اکڑے۔

"تمہاری پیٹھ پر کچھ لکھا ہے" ٹیٹو ہنسے۔

کوٹ اتار کر دیکھا تو گگو رو دیے۔ کسی بد معاش لڑکے نے لکھا تھا۔

"میں گدھا ہوں"

انٹرول میں بیلو اور ٹیٹو مزے سے کھڑے مونگ پھلیاں اور بیر کھا رہے تھے۔ گگو کے منہ میں پانی بھر رہا تھا۔ مگر بیچارے نہیں کھا سکتے تھے۔ کیوں کہ ماسٹروں کو ایسی بیہودہ چیزیں نہیں کھانی چاہئیں۔ چند ماسٹر سگریٹ پی رہے تھے۔ گگو نے بھی سگریٹ سلگائی۔ خالی پیٹ میں سگریٹ کے دھویں سے آگ لگے۔ جل کر سگریٹ پھینک دی کس قدر بیہودہ چیز! اس کے مقابلے میں کھٹے میٹھے بیر اور سوندھی سوندھی مونگ پھلیاں نعمت ہیں۔ مگر جب کہ کوئی ماسٹر بیر نہیں چاب رہا تھا تو گگو کیسے اتنی غیر ماسٹرانہ حرکت کر سکتے تھے۔ دل پر پتھر رکھے بیٹھے رہے۔

دن نہ جانے کیسے گزرا۔ باقی گھنٹوں میں بھی لڑکوں نے اتنا ستایا اتنا کہ گگو کو چیخنا پڑا کہ گلا بیٹھ گیا، مارتے مارتے ہاتھ شل ہو گئے۔ مگر لڑکے برابر شرارت کیے گئے۔ گگو جو اپنی کلاس کے دادا، سب سے زیادہ شور مچایا کرتے تھے۔ اُنہیں اپنے اوپر ناز تھا کہ سارے ماسٹر ان کے نام سے لرزتے تھے۔ آج خود لڑکوں میں ایسے گھرے ہوئے تھے جیسے خونخوار شکاری کتوں کے بیچ ایک زخمی خرگوش ہو!

اسکول کے بعد گگو بالکل تھک کر چور ہو گئے تھے۔ جی چاہتا تھا گھر جا کر آنکھیں بند کرکے پلنگ پر لمبے لمبے لیٹ جائیں کبھی نہ اُٹھیں۔ مگر ابھی تو انہیں ڈیڑھ سو لڑکوں کو گیم کھلانے تھے۔ کھیل کے میدان میں لڑکے بالکل ہی بے قابو ہو گئے۔ سیٹی بجاتے بجاتے تالو چٹخنے لگا مگر لڑکے ذرا کے ذرا خاموش ہوتے پھر کاؤں کاؤں کرنے لگتے۔

ایک دم سے ایک فٹ بال آ کر دھائیں سے گگو کی ناک پر لگی۔ سر جھنّا کر رہ گیا، دن میں تارے نظر آنے لگے۔ ایک زوردار قہقہہ بلند ہوا اور گگو چکرا کر وہیں ڈھیر ہو گئے، ذرا حواس ٹھکانے ہوئے تو چاروں طرف دیکھا کہ کس نے بال ماری تھی۔ سب لڑکے نہایت معصوم صورتیں بنائے کھڑے تھے جیسے بیچاروں نے بال عمر بھر دیکھی نہ ہو۔

"کس نے پھینکی تھی بال؟" گگو غرّائے۔

"باس صاحب ہم نے نہیں پھینکی تھی چوتھی کلاس نے پھینکی تھی" گگو چوتھی جماعت پر جھپٹے۔

"نہیں ماٹ صاحب ہم تو کرکٹ کی مشق کر رہے ہیں پانچویں نے پھینکی ہوگی"

گگو چوتھی سے پانچویں کی طرف لپکے۔ وہ بال سے کھیل ہی نہیں رہے تھے وہ تو کبڈّی کھیل رہے تھے۔

غرض اِدھر اُدھر بہت دوڑ بھاگ کی، مجرم کا پتا نہ چلا۔ اب تو گگو کا صبر کا پیمانہ چھلک گیا۔ سیدھے ہیڈ ماسٹر صاحب کے پاس شکایت لے کر پہنچے۔ کہ کسی نے اُن کی ناک پر گیند ماردی۔ ہیڈ ماسٹر صاحب گگو کی کپڑا سی لال ناک دیکھ کر مسکرا دیے۔

"ارے صاحب بچّے ہیں جانے دیجیے"

"جی ہاں بچّے ہیں کہ آسیب۔ صبح سے زندگی دوبھر کر دی ہے اور آپ فرماتے ہیں جانے دیجیے۔ باز آیا میں ایسی نوکری سے" گگو بگڑے۔

"مگر اب تو کچھ نہیں ہو سکتا کیونکہ اب تو ہم نے آپ کو مستقل اُستاد بنا دیا ہے۔ ایک سو پچیس ۱۲۵ روپے میں لگے سات گھنٹے پڑھانا ہوگا"

"سات گھنٹے روزانہ، یعنی مہینے میں دو سو دس گھنٹے۔ یعنی نو گھنٹا آٹھ آنے کے حساب سے۔ یعنی کہ نو آنے میں چالیس لڑکوں کو ایک گھنٹا پڑھانا۔ نی لڑکا ایک پیسے سے بھی کم۔ .....!" گگو کو چکر آگیا۔

"اس کے علاوہ ....." ہیڈ ماسٹر بولے۔

"صاحب ابھی اس کے علاوہ بھی ہے؟" گگو حیرت سے درز اُٹھے۔

"جی ہاں کھیل اور ڈرل کی نگرانی بھی کرنی ہوگی۔"

"اُن میری ناک تو ختم سمجھ ____"

"اس کے علاوہ ......" ہیڈ ماسٹر بولے۔

"یعنی ..... یعنی ابھی اور بہت سی علاوہ ہیں؟" گگو کی آواز گلے میں گھٹ گئی۔

"اسکول کا سالانہ جلسہ ہونے والا ہے اس کا انتظام آپ کو ہی کرنا ہوگا ..... دسمبر تو آپ روزانہ بھر ہی لیں گے۔ امتحان آرہے ہیں۔ پرچے بناڈالے گا۔ کاپیاں دیکھتے دیکھتے کئی دن لگ جائیں گے۔ لائبریری پر بھی ذرا نظر رکھنی ہوگی۔"

"مگر ..... مگر صاحب ..... مجھ سے اتنا کام کیسے ہوگا؟"

"ایک سو پچیس روپے تنخواہ جو ملے گی۔"

"مگر ..... صاحب ایک سو پچیس یعنی نی لڑکا نی گھنٹا ایک

پیسے سے بھی کم ۔ اّماں کہتی ہیں نوکر ہو کر جاؤ گے تو اپنا خرچ خود اُٹھانا پڑے گا ۔ مکان کا کرایہ ، نوکروں کی تنخواہ ، بھنگی بھشتی دھوبی ۔ اور پھر گیہوں چاول دال ترکاری ۔ اتنے لڑکوں کو پڑھانا اُنھیں پڑھانے کے لئے خود پہلے پڑھ کر سبق تیار کر کے لانا پھر روزانہ سائیکل میں پنکچر ۔۔۔۔۔۔ سر پر پانی بھرا ڈبہ ، کوٹ پر لکھا ہوا ۔

"میں گدھا ہوں" ۔ الجبرا ۔۔۔۔۔ جومیٹری ۔۔۔۔۔ جغرافیہ ۔۔۔۔۔ تاریخ اور ناک پر فٹ بال ۔۔۔۔۔۔ نا بابا بخشو چوہا لنڈورا ہی بھلا ۔ میں مر جاؤں گا صاحب"

مگر اب تو کچھ نہیں ہو سکتا ۔ ایک بار جب کسی کو ٹیچر بنا دیا جاتا ہے تو جب پنشن ملتی ہے جب ہی رہائی ملتی ہے ، ہیڈ ماسٹر نے بتایا ۔

"کب ملے گی پنشن" "گکو خوش ہو گئے" صاحب مجھے نوکری نہیں چاہیئے ۔ مجھے صرف پنشن دے دیجئے ۔ گکو گڑگڑا اُٹھے ۔

"معلوم ہوتا ہے کسی نے آپ کی پیٹھ پر یہی بات ہی لکھی تھی ۔ پنشن تو تیس چالیس سال بعد ملے گی آپ کو ۔ پہلے نوکری تو کیجئے" ہیڈ ماسٹر مسکرائے ۔

"تیس ۔۔۔۔۔۔ چالیس" یا پروردگار رحم" آؤ دیکھا نہ تاؤ گکو ایک زقند میں ہیڈ ماسٹر کے دفتر سے باہر کود گئے ۔

"لینا پکڑنا جانے نہ پائے" پیچھے سے نوکروں نے دھیرا

لگائی۔ گھر گکو نے ایک ترک لگائی اور دیوار پھاند گئے۔ لڑکے کہاں چھوڑنے والے تھے۔ وہ بھی پیچھے تعاقب میں۔

گھر گکو ہتھیلی پر سر رکھ کر بھاگ رہے تھے۔ گھوڑے پرے اُلانگتے پھلانگتے۔ وہ ایک گوبر کے ڈھیر پر پھسلے وہاں سے جو اُچکے تو نالی میں گرے۔ بڑی مشکل سے اُٹھ کر بھاگے۔ نوکیلے کے چھلکوں پر پیر پڑتا۔ لڑکے کیلے، مونگ پھلیاں کھا کر میدان میں ہی سب چھلکے ڈال گئے تھے۔ پھر بھی لڑکوں نے پیچھا نہ چھوڑا۔ اُنھیں پتا چل گیا تھا کہ نئے ماسٹر صاحب بالکل گاؤدی ہیں۔ اُنھیں ایسے احمق ماسٹر بہت پسند تھے۔ چیختے چلّاتے وہ برابر دوڑتے چلے آ رہے تھے۔

"نہ جائیے ماٹ صاحب"

گکو نے مڑ کر دیکھا تو لڑکوں کا ایک غول اُن کے پیچھے لپکا چلا آ رہا تھا۔ اُن کے ہاتھوں میں گز بھر کی لمبی پنسلیں تھیں۔ نیزدیں برابر قلم اور گھوڑے برابر دواتیں اور بلینگ برابر کتابیں تھیں۔ گشن کے برابر ربڑ اور کھنبوں سے بھی اونچے پرکار اور فنے اُن کے پیچھے پیچھے لبے لبے ڈگ مارتے چلے آ رہے تھے۔ گکو کی خون کے مارے گھگی بندھ گئی۔ وہ اور تیز بھاگے۔ دور گھنے جنگل میں جہاں کالے کالے پیڑ با نہیں پھیلائے اُنھیں دبوچنے کو کھڑے تھے۔ ہوا سائیں سائیں پھنکار رہی

تھی ۔ پیٹتے تالیاں پیٹ رہے تھے ۔ پیڑوں پر سے بندر اور لنگور دانت کچکچا کر کہہ رہے تھے ۔

"ہمیں پڑھاؤ ماسٹر صاحب ۔ جامیٹری، الجبرا، تاریخ اور جغرافیہ پڑھاؤ" گوئے بندروں سے بہت جان چھڑانا چاہی مگر دولوئے اُن کے ہاتھ پکڑے دوڑے پھر اور ایک پیڑ سے دوسرے پیڑ پر چھلانگیں لگاتے اُڑانیں بھرتے وہ انھیں اپنے اسکول لے چلے ۔

پیڑوں کی بلند چوٹیوں پر سے گوئے لرز کر دیکھا نیچے لڑکے پلنگ برابر کتابیں لیئے چلّا رہے تھے یہ اوُ اوُ ۔۔۔۔ ہمیں پڑھاؤ ۔۔۔۔۔

"نہیں نہیں ہمیں پڑھاؤ ۔۔۔۔" بندروں نے کہا ۔
"ہم تمہیں ایک سو پچیس روپیئے دیں گے" لڑکے چلّائے ۔
"ہم تمہیں ایک سو پچیس ناریل دیں گے ۔ تم ہمیں پڑھاؤ" بندر چیخے ۔

" ہمیں مرغا بناؤ ۔۔۔۔" لڑکوں نے کہا ۔
" ہمیں بینچ پر کھڑا کر دو ۔۔۔۔" لنگوروں نے فرمائش کی ۔ اور گوئے بندروں کی طرف دیکھا ۔۔۔ پھر لڑکوں کی طرف دیکھا ۔ اُن کی سمجھ میں نہ آیا وہ اُن میں سے کس کی نکری لیں ۔ بندر انھیں اور بھی اوپر لے گئے ۔ گوئے کا سر گھومنے لگا، پیڑ

گھومنے لگے، اپنی اور ٹہنیاں، زمین اور آسمان سب ایک بڑے سے ہنڈولے کی طرح اوپر نیچے چکر لگانے لگے ۔ ساری دنیا گڈ مڈ ہو گئی۔ لڑکوں نے نیچے اور بندروں نے اوپر بلانا شروع کیا۔ پھر لاڈو نے تاک تاک کر روپیوں کی تھیلیاں مارنا شروع کیں ۔ بندر کب چوکنے والے تھے ۔ انھوں نے ایک سو پچیس ناریل ان کے سر پر مارنے شروع کر دیئے ۔ نیچے سے روپیوں کی مار اور اوپر سے ناریلوں کی بوچھار گگو بے دم ہو گئے ۔ اور پھر جو لنگور نے اپنی دموں کو ان کے جسم کے گرد رسیوں کی طرح لپیٹ کر ایک پیڑ سے دوسرے پیڑ پر لمبی سی چھلانگ لگائی تو وہ بیچ ہی میں ٹوٹ گئی اور گگو کٹی ہوئی پتنگ کی طرح تیرتے بیٹھا آتے ۔ سائیں سائیں پھنکارتی ہوا میں قلا بازیاں کھاتے نیچے گرنے لگے ۔ لڑکوں نے جلدی سے ایک کتاب کے چاروں کونے پکڑ کر پھیلا دی اور گگو دھم سے اُس پر آن گرے ۔

گرتے ہی ان کی آنکھ کھل گئی ۔۔۔۔۔۔ وہ اپنے پلنگ پر پڑے تھے اور آلہ ان کا کندھا ہلا کر کہہ رہی تھیں ۔

"کب تک سوئے گا گگو بیٹے؟ ۔ اسکول کا وقت ہو رہا ہے۔"

اس دن جب گگو اسکول گئے تو چپ چپ تھے ۔ نہ انھوں نے لڑکوں کے گھننیاں ماریں، نہ کسی کے اڑنگا لگایا ۔ بلو ممیٹھڑو نے جب ان سے کہا ۔

"آؤ یار آج ماسٹر کی میز میں مرا ہرا چوہا رکھیں" تو گو
ایک دم لال کر زرد پڑ گئے۔ انہوں نے بڑی سختی سے
مخالفت کی ۔

"اسکول میں پڑھنے آتے ہو یا اپنا اور ماسٹروں کا وقت
ضائع کرنے آتے ہو"

اُنہوں نے ایک لمبا پکچر دے ڈالا ۔ مارے حیرت کے
بیچاروں کا مُنہ کا مُنہ کھلا کا کھلا رہ گیا ۔ کلاس کے دادا یہ کیسی باتیں
کہہ رہے تھے !

"ہائے بیچارے گگو کو یہ کیا ہوگیا ہے ؟ کہ ہر شرارت کی
کاٹ کرنے پر تلے ہوئے ہیں"

اب جب بھی کبھی لڑکے کوئی سازش کرتے ہیں تو گو بڑے
زور شور سے انہیں رد کتے ہیں ۔ اپنے ڈراؤنے نواب کا وہ
کبھی کسی سے ذکر نہیں کرتے ۔ کہیں سب مذاق نہ اڑانے لگیں !

"بھئی جسے دیکھو انکم ٹیکس کے خون سے مرا جا رہا ہے۔ آخر یہ ٹیکس بکالا کس نے؟"

بیٹو کو آج دسیم بھائی نے پیٹتے پیٹتے چھوڑا۔ ایک تو بیچارے کا انکم ٹیکس والوں نے ناطقہ بند کرکے حلیہ بگاڑ رکھا ہے۔ اور پرے بیٹو کے ہاتھ سے بیڈ منٹن کا ریکٹ چھوٹ کر ان کے گٹنے پر لگا۔ بلبلا ہی کر تورہ گئے۔

"ضرور دادی اماں سے ایجاد کیا ہوگا" بیٹو نے فیصلہ کیا۔ دہی ایسی ان گھڑ چیزیں بکالا کرتی ہیں کہ سب کی جان آفت میں آ جائے۔ اور کچھ نہیں تو مرکھنی بھینس ہی دروازے کے پاس باندھ دی جو آتے جاتے سب پر حفا ہو کر سینگ تانتی ہے۔ اماں سے پوچھنا تو موت کو دعوت دینا ہے۔ فوراً سوالوں کی الٹی بائرش شروع کر دیں گی۔

"ہاتھ ردم ہو آئے ہ ناک مان کی۔ کانوں کے نیچے

صابن ملا۔ اُنہہ آخر فائدہ کیا ہوتا ہے اتنی صفائی کرنے سے پھر ناک میلی تو ہو جاتی ہے ۔ وہ ویسے ہی آج تو گھنٹے میں بھری بیٹھی ہیں ان کی دُلائُ کی گھوٹ میں کان آگئ ہے ۔ تخت پر صبح سے بچھائے سب سے جھگڑ رہی ہیں ۔ کوئُ بچہ دور سے بھی گزر جائے تو چنگھاڑنے لگتی ہیں ۔

"ٹانگیں توڑ دوں گی جو کوئُ سور ادھر آیا تو"

کا آتاں اپنی کڑھائی میں جُٹی ہیں دین دنیا کی فکر نہیں ۔ کمتی آپا ؟ اقل نمبر کی جاہل اور بد ہیں ۔ کبھی سیدھے منہ بات ہی نہیں کرتیں ۔ لے دے کر ایک صوفی آلہ کا سہارا رہ گیا ہے ۔ ویسے بمبئُ سے پارسل بھی ڈاکٹر مانی نے بھیجا ہے ۔ ان کے پاس جانے میں فائدے ہی فائدے ہیں ۔

ان کے پاس گئے تو وہ ٹالنے لگیں ۔

"بھئُ ایکم ٹیکس کی کہانی بڑی لمبی ہے ۔ پھر کسی دقت سنائیں گے" انہوں نے ٹالنا چاہا مگر تینوں جان کو آ گئے اب تو امتحانوں کا بہانہ بھی نہیں چلے گا مجبوراً چاکلیٹ کا تازہ ڈبہ کھولنا پڑا کیوں کہ ایکم ٹیکس کا پیچیدہ مسٔلہ بغیر چاکلیٹوں کے کس طرح سمجھا جا سکتا ہے ۔

" لاکھوں برس ہوئے جب دُنیا جوان تھی ....." انہوں نے کہنا شروع کیا بلکہ یہ کہنا چاہیے جب دُنیا بچہ تھی ۔"

"کیا بہت چھوٹی تھی۔" ٹیمٹو بولے۔

"نہیں .... جسامت میں تو چھوٹی نہیں تھی۔ انسان موٹروں، ریلوں اور ہوائی جہازوں کی دنیا سے دُور جنگلوں میں جانوروں کی طرح رہتا تھا"

"صوفی آکا کیا یہ سچ ہے کہ انسان پہلے بندر تھا۔ بیلو ٹیمکے بیچ میں۔

"اور کیا۔ ٹیمٹو کی ناک سے تم اندازہ لگا سکتے ہو کہ اب بھی بہت سے انسان اپنے آبا و اجداد سے ملتے جلتے ہیں"

"آں ہاں .... اور گگو صاحب کے کان بھی تو بندر جیسے ہیں" ٹیمٹو بگڑے۔

"ہاں اور حرکتوں میں تم تینوں ۔ بندروں کے بھی کان کاٹتے ہو" تینوں کو چاکلیٹ دیتے ہوئے بولیں۔ مگر یہ آہستہ آہستہ صدیاں گزرتی گئیں۔ انسان مہذب ہوتا گیا۔ ترقی کرتا گیا۔ پہلے شکار کرکے لاتا تھا۔ سب کھا کر ختم کر دیتا تھا۔ یا پھینک دیتا تھا۔ دوسرے وقت بھوک لگتی تھی تو دوسرا شکار کر لیتا تھا۔ پھر اُسے سمجھ آئی۔ اُس نے زندہ جانور پکڑ کر انہیں پالنا شروع کیا تاکہ بھوک لگے تو بجلے۔ پھر شکار کی تکلیفیں اٹھانے کے بجائے جانور مار کر کھا لے۔ ظاہر ہے ایک جانور پورا تو ایک آدمی کھا نہیں سکتا تھا۔ بچائے اسرا کر پھینک دینے کے

اُس نے یہ کیا کہ پلا ہوا جانور مار کر اوروں کو بھی بانٹا کہ آج ہمارا جانور کل تم اپنا مارنا تو ہمیں دے دینا۔ یوں جانوروں کا گوشت برباد ہونے سے بچ رہا ۔۔۔۔ جانوروں کی تعداد بڑھتی گئی۔ گلّے بن گئے۔ پھر زمانے نے اور ترقی کی ۔ انسان اناج کھاتا تھا۔ جیسے کیّے بلیاں بھی گوشت کے ساتھ تھوڑی سبزی پیٹ صاف کرنے کو کھاتے ہیں ۔ اناج کی تلاش میں اُسے جنگلوں میں جانا پڑتا تھا ۔ اِس لیے اُس نے اپنے رہنے کے لیے جو گھر بنائے تھے اُن کے آس پاس ہی اناج بونے لگا ۔ جنھیں ہم کھیت کہتے ہیں ۔

"بڑا چالاک تھا پٹھا" گگو حیرت سے بولے۔

"ہاں ۔۔۔۔ پھر صدیاں گزریں ۔۔۔۔۔ انسان ترقی کرتا گیا۔ آرام کے لیے سڑکیں، تالاب، کنوئیں اور نہریں بنانے لگا۔ پہلے تو یہ ہوتا کہ جو پہلے آکر تالاب پر قبضہ کرکے بیٹھ جاتا وہ دوسروں کو پاس بھی نہیں پھٹکنے دیتا تھا۔ گر پھر لوگوں نے مل کر سانجھے میں آرام کی چیزیں بنانی شروع کیں ۔ لوگ اُن آرام کی چیزوں کے آس پاس ہی آکر بسنے لگے ۔ ظاہر ہے ۔ ان چیزوں کے بنانے میں انھیں بھی محنت دینا پڑی تھی"

"اور جو دہ نہ دیتے تو ۔۔۔ " بیٹو بڑا کاہل ہے کام کے

ذِکر سے بھی جان چُراتا ہے۔

"واہ جناب محنت کیسے نہیں کریں گے۔ جو لوگ نہیں کرتے انھیں ان چیزوں کے استعمال کا بھی کوئی حق نہیں۔ فرض کرو کوئی دو دن کے لیے کسی کام سے گاؤں میں آتا ہے... اب ظاہر ہے اُس پر پانی اور سڑک کے استعمال کا ڈنڈ پڑتا ہے کسی نہ کسی صورت میں اُسے قیمت ادا کرنی پڑتی ہے"

"یہ تو ٹھیک بات تھی، گگو قائل ہو گئے، مگر یہ اِنکم ٹیکس"

"آتا ہے اِنکم ٹیکس بھی چپکے بیٹھ کر سُنو ورنہ بھاگو یہاں سے"

"یہ گگو بڑ بڑ بولے چلے جاتے ہیں"

"آہا..... جیسے آپ تو منہ میں تالا ڈالے بیٹھے ہیں"

گگو چڑ گئے۔

"انھیں بکے دیجے، صوفی آگے تو پھر—"

"پھر دنیا اور بڑھی —اور بڑھی—"

"پھر؟"

"پھر بڑے بڑے شہر آباد ہوئے....عبادت خانے بنے ....مکتب اور پاٹھ شالے بنے ....ریلیں اور کارخانے بنے"

"موٹر اور ہوائی جہاز بنے—" ٹیمو بولے

"توپ اور گولے بنے"

"اُنہہ وہ تو پہلے ہی بن چکے تھے"

"ایٹم بم بنا ــــــــ"

"صوفی آلہ یہ ایٹم بم کس بے وقوف نے بنایا ؟"

"بے وقوف ہر تم جو بے سوچے سمجھے بک دیتے ہو۔ ایٹم کی طاقت معلوم کرنے والے ایٹم اس لیے نہیں ڈھونڈا تھا کہ اُسے انسان کو فنا کرنے میں استعمال کیا جائے۔ ایک طاقت دریا کی تھی جو بڑے بڑے کام منٹوں میں کر سکتی ہے"

"جادو کے زور سے" ٹیٹو بولے۔

"آپ تو آتو ہیں ٹیٹو صاحب"

"جانتے ہو بارود سب سے پہلے کس کام میں استعمال ہوتی تھی ؟"

"بم بنانے میں"

"بم تو کب تخت بعد میں بننے لگے پہلے تو آتش بازی میں بھری جاتی تھی۔ انار، پھلجھڑیاں چھڑانے کے لیے۔ مگر لوگوں نے اس کھیل کی چیز کو موت کا فرشتہ بنا دیا"

"چہ چہ ..... یہ تو برا ہوا ..... ایک بم میں کتنی لاکھ پھلجھڑیاں بن سکتی ہیں ۔ کیوں صوفی آلہ"

"ہاں بھئی ...... مگر انسان دشمن بم ہی بناتے ہیں"

"تو پھر انکم ٹیکس"

"اب بھی سمجھ میں نہیں آیا ۔ جوں جوں دنیا ترقی کرتی گئی لوگ زیادہ سے زیادہ سا بھے داری کرتے گئے ۔ سا بھے سے ہی بڑی بڑی سٹرکیں، نہریں، اسکول اور لائبریریاں بننے لگیں"

"اور سینما ہال"

"ہاں سینما ہال ..... اور چوں کہ پور اُچکے کاہل بھی ہوتے تھے ۔ اُن سے اپنی دولت کو بچانے کے لیے چوکیدار اور پہرے دار بھی سا بھے کے رکھنے پڑے ۔ پھر آئے دن جو جھگڑے نمٹنے ہوتے تھے ان کا فیصلہ کرنے کے لیے بیچ مقرر ہوئے ۔ کورٹ کچہریاں بنیں"

"سب سا بھے سے"

"اور کیا، ہر آدمی اپنا الگ کورٹ بنا تا، سٹرک بنا تا ۔۔۔ کارخانے بنا تا ۔ اُن کی حفاظت بھی خود ہی کرتا ۔۔۔ اپنے بچوں کے لیے اسکول بنا تا ۔۔۔ اپنی اکیلے کی الگ ریل کی پٹریاں بچھاتا تو کتنی گڑ بڑ ہوتی ۔۔۔" بیلو بولے فینٹ چڑھ گئے ۔

"ہم تو اپنی الگ ریل گاڑی خریدیں گے" وہ بولے ۔

"اجی ہاں ..... مر جاؤ گے پوری ریل خرید و گے تو ۔۔۔ اور پھر سارے ملک میں اپنی پٹریاں بھی بچھانا ۔۔۔ ہم جناب کو اپنی پٹریوں پر نہیں چلانے دیں گے" گوتی نے دھمکی دی ۔

"اور اپنے لئے سارے ملک میں سڑک بھی الگ بنانا۔۔۔
ہماری سڑک پر چلے تو ٹانگیں توڑ دی جائیں گی"
"آنہہ بھئی تم تو رونے لگتے ہو۔ ٹھیک تو ہے ٹیٹو۔۔۔تم
کاہے کو سارے ملک میں سڑکیں بناتے پھرو۔۔۔ چندہ دے دو۔
جیسے سب دیتے ہیں۔ سارے میں سب چیزیں بن جائیں گی"
"اچھا بھئی ہم دے دیں گے چندہ ۔۔۔ بس؟"
"بس اس چندے ہی کو اِنکم ٹیکس کہتے ہیں۔ یہ چندہ جمع
کرکے اس سے اسکول بنائے جاتے ہیں لائبریریاں بنتی ہیں"
"واہ صوفی آلہ تو ہم پھر فیس کیوں دیں۔ اسکول ہمارے
چندے سے بنے ہیں تو وہ ہمارے ہیں ۔ پھر۔۔۔"
"اسکول بن جانے کے بعد ان پر کیا اور سالانہ خرچہ نہیں آتا؟
اُستادوں کی تنخواہیں۔ پورے علّے کا خرچ۔ پھر عمارتوں کی مرمت۔
ساری سرکاری عمارتوں کی مرمت ۔ سامان ٹوٹ پھوٹ جاتا
ہے اُس کا خرچ"
"پرسوں ٹیٹو صاحب نے ایک بینچ توڑ دی لے کے" گگو
نے شکایت جڑی ۔
"واہ جناب آپ ہی نے تو دھکا دیا تھا۔ لے کے ہمارا نام
لے دیا" ٹیٹو منمنائے ۔
"خیر وہ جس نے بھی توڑی اُس کی جگہ دوسری خریدنی

پڑے گی۔ اس کے علاوہ ملک میں اور کتنے خرچ ہیں۔ ملک کی حفاظت کے لئے فوج رکھنا پڑتی ہے۔ پولیس، کچہریاں، ججوں کی تنخواہیں۔۔۔۔۔ لاکھوں خرچ ہیں۔ یہ سب اسی انکم ٹیکس سے پورے ہوتے ہیں" صوفی آگے نے بتایا۔

"فیصلوں کے لئے، ججوں کی کیا ضرورت ہے۔ خود جو فیصلہ کر لیا کریں لوگ"

"ٹیٹو صاحب آپ تو گدھے ہیں۔ خود ہی لوگ جھگڑا کریں خود ہی فیصلہ کریں۔ تو خوب بے ایمانی کریں گے" گونے نے ڈانٹا۔

"انسان جب قبیلوں میں رہنے لگے تو آپس کے جھگڑے قبیلوں کے بزرگ اور سمجھدار لوگ چکا دیا کرتے تھے۔ گر جوں جوں دنیا ترقی کرتی گئی کام لمبے ہوتے گئے، جھگڑے بھی بڑھتے گئے۔ کوئی کسی کی زمین پر قبضہ کر بیٹھتا۔ کوئی کسی کی گائیں چرا لیتا۔ یہ بزرگ گواہوں کی مدد سے مقدمے سنتے اور فیصلے کرتے۔ ان فیصلوں کو انصاف سے چکانے کے لئے قانون بنائے گئے، قانون کو عمل میں لانے کے لئے کچھ مضبوط بھروسے کے آدمی مقرر کئے گئے۔ اب ظاہر ہے کہ جو لوگ فیصلہ کرتے تھے، امن قائم رکھتے تھے یا تعلیم دیتے تھے ان کے پاس اتنا وقت نہیں رہتا تھا کہ اپنے کھانے کے لئے اناج بوئیں۔ لہٰذا دوسرے لوگوں

نے کہا "بھئی تم ہمارے یہ کام سنبھالو تمہارے خرچ کا ذمہ ہم لیتے ہیں۔ اس طرح سب اپنا کام بانٹ کر کرنے لگے۔ اس سے بہت آسانیاں پیدا ہو گئیں۔ ہر شخص اپنا کام دھیان لگا کر کرنے لگا۔ ذرا سوچو جو تمہارے استادوں کو اگر کھیتی کرنا پڑے اور مویشیوں کی دیکھ بھال وغیرہ کا بار بھی پڑ جائے تو وہ تمہیں پڑھائیں کس وقت ؟"

"اور جناب نج صاحب گائے دوہنے لگیں اور وہ ان کے ایک لات رسید کر دے تو ساری کھیری کا ستیا ناس ہو جائے"۔ بیلو نے کہا۔

"مگر وہ انکم ٹیکس کی بات تو بھول گئیں آپ" گٹورے نے کہا "ارے بھئی بس سمجھ لو جو چندہ جمع کیا گیا اُسی کا نام انکم ٹیکس رکھا گیا۔

"صوفی آلہ ـــــ ٹیمٹو بڑے فکر مند ہو کر بولے۔

"ہاں"

"یہ جو پکنک کا چندہ لیا جاتا ہے یہ بھی انکم ٹیکس ہوا؟"

"ہاں بھئی ۔ مگر انکم ٹیکس سب سے برابر کا نہیں لیا جاتا"

"کیوں صوفی آلہ یہ تو سخت بے ایمانی ہے"

"جو زیادہ امیر ہیں ان سے زیادہ لیا جاتا ہے ۔ جو بالکل غریب ہیں ان سے کچھ بھی نہیں لیا جاتا ۔ جو درمیانہ درجے کے

ہیں اُن سے تھوڑا سا لے لیا جاتا ہے۔"

"مگر یہ تو سراسر زیادتی ہے۔ کیا غریب آدمی سڑک پر نہیں چلتے۔ کیا فوج اُن کی حفاظت نہیں کرتی۔ کچہریاں ان کے فیصلے نہیں کرتیں۔ اُن کے بچے بھی تو اسکولوں میں پڑھتے ہیں۔ قطعی بے ایمانی ہے۔"

"مگر جناب امیروں کو زیادہ حفاظت کی ضرورت ہوتی ہے اس لیے پولیس اُن کا زیادہ کام کرتی ہے۔ غریب تو پیدل چلتے ہیں سڑک تھوڑی سی گھستی ہے۔ ان کی موٹریں دوڑتی ہیں زیادہ سڑکیں گھستی ہیں۔" بیٹو نے تشریح کی۔

"موٹے بھی یہ زیادہ ہوتے ہیں۔ سڑکوں پر زیادہ بوجھ ڈالتے ہیں۔" گوری نے کہا۔

"مگر موٹی تقصائینی بھی تو موٹی ہے۔" مینو نے احتجاج کیا۔

"موٹے دُبلے سے کچھ نہیں ہوتا۔ انکم ٹیکس جمع کرنے کا سب یہی قانون ہے کہ جس کی جتنی آمدنی ہوتی ہے اُسی کے مطابق ٹیکس ہوتا ہے۔ تمہیں اُس دن بتایا تو تھا۔ اسی ٹیکس سے دنیا کے کام چلتے ہیں۔"

"مگر ہم تو ٹیکس نہیں دیتے" موٹی آلہ۔

"تم ابھی چھوٹے ہو۔ پڑھ لکھ جاؤ گے تمہیں بھی خرچے اٹھانے پڑیں گے۔ بال بچوں کا خرچ برداشت کرنا پڑے گا۔

پھر "چندہ" بھی دینا پڑے گا"

"کچھ جو اٹھائیں ہم سوروں کا خرچہ ۔ پیدا ہوتے ہی مار ڈالیں گے ہم سارے بچوں کو" گگو بولے" اور اپنی تنخواہ کی ساری ٹافیاں منگا کر کھا جایا کریں گے"

"تب تو جناب کے دانت بالکل سٹر کر گر جائیں گے" ٹمٹو نے یاد دلایا" اور آپ صفا مر جائیں گے ۔ اور پھر کیا آپ اماں کو بھی نہیں دیں گے پیسے ۔

"ہاں بس اماں کو آدھے پیسے دے دیا کریں گے ۔ہم صفی آر"

"ہاں بھئی کیوں نہیں دوگے ۔ بات تو جب ہے کہ تم آج ہی سے حساب لگا کر رکھو کہ آج تک اماں نے تمہارے اوپر کتنے روپے خرچ کئے ہیں ۔ بس اتنا ہی مع سود کے دے دینا"

"ارے باپ رے مر گئے ۔ بہت ہو جائے گا" گگو بڑا کنجوس ہے ۔

"اماں کو واپس دینے کی ضرورت نہیں جو تم پہ خرچ ہوا ہے وہ تم اپنے لڑکے پر خرچ کر دینا"

"بھئی ہمارے قطعی کوئی بچہ نہ ہوگا ۔۔۔ مر جائے گا سور۔۔۔"

"اچھا تو تم اس سور کے بچے کو دفن کر آنا اور کوئی بچہ لے کر اس کے اوپر یہی روپیہ صرف کر دینا"

"اور واہ۔۔۔۔۔ اور جب وہ بڑا ہو جائے گا تو وہ کسی

اور پر خرچ کر دے گا ۔۔۔ پھر جب "کسی اور" بڑا ہوگا تو وہ کسی اور پر خرچ کرے گا ۔۔۔۔ یونہی "کسی اور" کا سلسلہ چلتا چلا جائے گا" بیٹو نے چمکے ۔

"ہاں ۔۔۔۔۔ والدین کا قرض کسی بھی ملک کے بچوں کی تعلیم پر خرچ کرکے اتارا جا سکتا ہے"

"ہم تو اماں کو اپنی پوری "تنخواہ" دے دیں گے" میٹو دریا دلی پر اتر آئے۔

"اور مونی قصائنی کو بھوکا مارو گے" بیٹو نے طعنہ دیا۔

"آں ۔۔۔ دیکھیے صوفی آلہ پھر ہم انہیں ماریں گے"۔

"اچھا بھئی تم لوگ لڑو گے تو ٹھیک نہ ہوگا۔ بس اب تو انکم ٹیکس سمجھ میں آ گیا"۔

"ہاں صوفی آلہ پھر تو جو لوگ انکم ٹیکس نہیں دیتے پکڑے پر ہیں"۔

"اور کیا وہ لوگ ایسے ہی ہیں کہ چندہ تو نہ دیں اور پکنک پر جا کر مزے سے دوسروں کے پیسوں کا کھانا کھائیں۔ بس میں سیر کریں"۔

"مفت خورے کہیں کے" بیٹو غرائے۔

"بھئی ہم تو انکم ٹیکس دے دیا کریں گے "۔ میٹو نے فیصلہ کیا۔

"اور کیا جناب اپنے بس نہیں دیں گے۔ ہم مار مار کے وصول کریں گے؟" گکو دھمکانے لگے۔

"جی ہاں آپ کون ہوتے ہیں وصول کرنے والے؟" بیٹو گرجے۔

"جناب ہم انکم ٹیکس کے افسر بن جائیں گے آئی سمجھ شریف میں۔ آپ کے اچھوں سے ٹیکس وصول کریں گے۔"

"ہم... ہم..... خود افسر بن جائیں گے جی ہاں" میٹو جھلا اٹھے۔

"اور جیسے ہم تو نہیں بن جائیں گے" بیٹو نے اطلاع دی۔

"ارے بھئی کیا مصیبت ہے۔ تم سب کے سب انکم ٹیکس میں گھس جاؤ گے تو پھر ڈاکٹر انجینیئر اور پروفیسر کون بنے گا؟" صوفی آگے نے پوچھا۔

"گکو اور بیٹو بنتے ہیں تو بن جائیں۔ ان تو صفا انکم ٹیکس افسر بن جائیں۔ ٹیکس بھی نہیں دینا پڑے گا۔"

"افوہ.... بھئی کیوں نہیں دینا پڑے گا؟"

"ارے واہ.... جو استاد فیس ہم سے لیتے ہیں انہیں تو نہیں دینا پڑتی؟"

"کافی کروڑ مغز ہو۔ تمہیں کتنی دفعہ سمجھایا کہ جس کی آمدنی ہوتی ہے اُسے ٹیکس دینا پڑتا ہے۔ وہ چاہے کسی جگہ میں کام کرتا ہے"

صوفی آلہ سلگ آٹھیں۔

"اُستاد اکم ٹیکس دیتے ہیں پھر فیس کس بات کی دیں گے"

"میٹھو صاحب نرے گھونچو ہیں"

"آپ خود گھونچو ہیں"

"اما جناب مفت کی پکنک اُڑانے کے منصوبے باندھے لیے تھے"

"اچھا اب ٹہل جاؤ یہاں سے سرگموم گیا ہمارا"

تینوں نہایت اطمینان سے باقی چاکولیٹ جیبوں میں ٹھونس کر باہر نکلے۔ سیڑھیوں پر من بھیا ملک الموت کا فرشتہ بنے کھڑے تھے۔

"بکاؤ سیدھے ہاتھ سے" وہ بولے

"کیا؟" تینوں چکرائے۔

"ٹیکس اور کیا؟"

"ارے واہ .... کیسا ٹیکس"

"تمہیں چاکلیٹ ملے ہیں ۔ کہ ہاں"

"ہاں .... مگر آپ کو کیوں دیں واہ"

"احمامت دو۔ ابھی جا کے صوفی آلے ...."

"کیا تمہیں گے آپ صوفی آلے ؟"

"کہ جو آپ بے اتنا سر مار کر سمجھایا سب اکارت"

”مگر ......“

”ہم اگر مگر نہیں جانتے ۔ دیکھو تمہاری چاکلیٹوں کی آمدنی ہوئی ہے ؟ کہو ہاں“

”ہاں .... مگر .....“

”بس تو تم پر ٹیکس لاگو ہوتا ہے ۔ اگر نہیں دو گے تو پھر صوفی آگے سے بانگمنا جوتے میں سے“ من بھیّا نے ڈرایا ۔

تھوڑی دیر تینوں پریشان کھڑے رہے ۔ انہیں وسیم بھائی یاد آ گئے ، جو انکم ٹیکس افسر سے بچنے کے لیے ڈسٹ بن میں جاکر اوندھے منہ گرے تھے ۔ سوچ بچار کے بعد طے ہوا کہ ٹیکس ادا کر دینے ہی میں خیریت نظر آتی ہے ۔

مگر جب ٹیکس وصول کرکے من بھیّا ہنستے ہوئے ٹہل گئے تو تینوں کے دلوں میں شبہ نے پھن اٹھایا ۔ ان کی عقل کام نہیں کرتی تھی ۔ یہ ٹیکس وصول کیا گیا تھا یا کھلی ہوئی ڈاکہ زنی تھی !

ٹہلتے ٹہلتے تینوں جا کر تاج اکبر کی سیڑھیوں پر بیٹھ گئے ۔ آج چھٹی کا آخری دن تھا ۔ چھٹیوں سے کچھ جی بھر چکا تھا ۔ امید کے خلاف کچھ اسکول کھلنے کی ہلکی سی خوشی سی ہو رہی تھی ۔ چھٹیوں میں کرنے کے لیے دیا ہوا ہوم ورک ختم ہو چکا تھا ۔ تینوں کے نئے پتلون بنے تھے ۔ نئے بستے آلہ بمبئی سے لائی

تھیں ۔ نئی برساتیاں تھیں ۔ دیکھ کر لڑکوں پر رُعب پڑ جائے گا۔
نیا کورس شروع ہوگا ۔ نئے نئے لڑکے داخل ہوں گے مزہ
آئے گا اُن کی فاختہ اُڑانے میں ۔ چھٹیاں بُری نہیں گزریں۔
بھیانک قسم کی شرارتیں کرنے پر بھیانک سزائیں بھی نہیں
ملیں ۔ دنیا کافی حسین تھی۔ مگر ابھی بہت کام کرنا تھا۔سب سے
پہلے تو بڑے ہونا تھا ۔ بڑے ہو کر ڈیم بنانے تھے ۔ہوائی جہاز
اُڑانے تھے ۔ راکٹ بنا کر چاند کی سیر کے لئے پروگرام بنانے
تھے ۔

اور پھر جیبوں میں خوشبودار چاکلیٹ بھرنے تھے !

جو شرارتیں آج تم کرتے ہو، وہی کل ہم نے بھی کی تھیں۔ اور وہ دن بھی ایک دن آئے گا جب یہی شرارتیں تمہارے بچے کریں گے۔ انسان کی زندگی ایک درخت جیسی ہے، کلہ پھوٹتا ہے۔ پودا پروان چڑھتا ہے، اس وقت وہ بالکل اناڑیوں جیسی حرکتیں کرتا ہے۔ کبھی ایک طرف ٹیڑھا ہونے لگتا ہے، کبھی دوسری طرف ضرورت سے زیادہ جھکتا ہے، کبھی کسی دیوار سے اڑ کر بڑھنے لگتا ہے۔ دیوار بھی جھکتی ہے اور اس کا جسم بھی کبڑا ہو جاتا ہے۔ اگر مالی ہوشیار ہو تو وہ تم لوگوں کی طرح سینہ تان کر آسمان کی طرف اٹھتا چلا جاتا ہے اور ایک دن پھول اور پھل سے بار آور ہو کر دنیا کو فیض پہنچاتا ہے۔ :؛

عصمت چغتائی